冰心

儿童图书奖获奖作家作品

羊与狼的故事

品味人间亲情　感知世间冷暖
点燃生活激情　实现文学梦想

尹全生 编

成都时代出版社
CHENGDU TIMES PRESS

图书在版编目（CIP）数据

羊与狼的故事/尹全生编 . —— 成都：成都时代出
版社，2014.9（2018.5 重印）
（冰心儿童图书奖获奖作家作品）
ISBN 978-7-5464-1286-3

Ⅰ.①羊… Ⅱ.①尹… Ⅲ.①小小说－小说集－中国
－当代 Ⅳ.① I247.8

中国版本图书馆 CIP 数据核字 (2014) 第 226481 号

羊与狼的故事
YANG YU LANG DE GUSHI

尹全生　编

出 品 人　石碧川
责任编辑　周　慧
责任校对　张　旭
装帧设计　欧阳永华
责任印制　唐莹莹

出版发行　成都时代出版社
电　　话　（028）86621237（编辑部）
　　　　　（028）86615250（发行部）
网　　址　www.chengdusd.com
印　　刷　北京一鑫印务有限责任公司
规　　格　710mm×1000mm　1/16
印　　张　12
字　　数　220 千
版　　次　2014 年 11 月第 1 版
印　　次　2018 年 5 月第 2 次印刷
书　　号　ISBN 978-7-5464-1286-3
定　　价　23.80 元

目　录

王培静卷

刘国芳，中国作家协会会员，江西省作家协会常务理事，抚州市作家协会主席，江西省第九届政协委员；已在《中国作家》《青年文学》《人民日报》等报刊发表小说2300余篇，近500多万字。被《小说选刊》《小说月报》《读者》等选刊选报选载1000多篇。著有《刘国芳小小说》《风铃》等14部小小说专著。多篇作品被翻译成英、法、日、韩文介绍到国外。其中《规矩》入选韩国中学课本第九册。《月亮船》获《中国作家》优秀小小说奖。《风铃》获"亚龙杯"全国小小说一等奖。他是江西省文艺创作成果奖、中国小小说"金麻雀"奖、冰心儿童图书奖的获得者。

刘国芳卷

月 亮 船

一个住在河边的女孩，总喜欢在门口站着，看河。一个晚上，弯弯的月亮映在水里，女孩觉得它像一只船。女孩很惊喜自己的发现，于是蹿屋里去，跟大人说："爸爸妈妈，你们看，水里的月亮像一只船。"

女孩的爸妈走出来，一起往水里看，然后父亲说："是像一只船。"

女孩的母亲也说月亮像一只船，还说那是月亮船，说着，轻轻地唱起来：

月亮船呀月亮船

载着妈妈的歌谣……

女孩天真，在母亲唱着时颠颠地往河边跑去。大人见了，吓坏了，过去一把扯住女孩，还说："你去哪？"

女孩说："我想坐在月亮船上，让它载着我。"

女孩的母亲父亲听了，都笑，做母亲的，还点着女孩的额头说："月亮船在很远的地方，你坐不到它。"

女孩看着母亲，说："我怎样才能坐到月亮船呢？"

母亲没说，只是摇头。

过后，女孩连续几天晚上都在门口看着水里的月亮船，还不住地缠着母亲让母亲告诉她怎样才能坐到月亮船。母亲没告诉女孩，只跟她说："别烦了，我教你唱月亮船的歌吧。"

说着母亲唱了起来：

月亮船呀月亮船

载着童年的神秘

飘进了我的梦乡

悄悄带走无忧夜

……

女孩觉得这歌很好听，学起来。

一天女孩和母亲正唱着，忽然河里传来"救命呀——救命呀——"的呼救声。女孩的父亲听了，飞快地从屋里蹿出来往河边跑，女孩的母亲跟着往河边跑，女孩家隔壁一个王叔叔，也往河边跑，然后三个人一起跳进水里。好一会儿，女孩看见三个人从水里爬上来，这三个人，一个是女孩的父亲，一个是女孩的母亲，还有一个，女孩不认识。而女孩隔壁那个王叔叔，却没上来。女孩的母亲看见王叔叔没上来，便在河边喊："小王——小王——"

没有回音。

那个王叔叔一直没上来，女孩看见父亲、母亲和王叔叔的母亲在河边找了几天，但没找到。女孩不知道那个王叔叔去哪里了，就问母亲，女孩说："王叔叔呢，他怎么没上来？"

母亲眼睛红红的，没作声。

女孩又说："妈妈，你说呀，王叔叔去哪里了？"

女孩的母亲看着河，河里，一弯月亮又像一只船了。母亲见了，开口告诉女孩说："王叔叔被月亮船载走了。"

女孩说："你不是说月亮船在很远的地方，坐不到吗？"

母亲说："王叔叔救人，月亮船才载着他。"

女孩说："妈妈你也救人，爸爸也救人，月亮船怎么不载你们去呢？"

父亲在屋里听了，吼一声过来："莫乱说，乱说打扁你！"

母亲说："莫吓着孩子。"

以后无数个晚上，女孩和母亲都坐在门口，她们一边看着水里的月亮船，一边唱着月亮船的歌，直唱得水里月亮船悠悠地远去。

一天，也是月亮船在水里飘荡的时候，河里又传来了救命的呼喊声。女孩的父亲听了，又飞快地从屋里蹿出来往河边跑。女孩的母亲，也跟着往河边跑，然后两人一起跳进河里去。但过了一会儿，女孩只看见父亲拽着一个人上来，而母亲却不见踪影。女孩的父亲又跳下水去，但许久，还是父亲一个人上来。

过后，女孩一直没见到母亲，女孩想母亲，哭着跟父亲说："我要妈妈，我要妈妈。"

女孩的父亲泪流满面。

女孩又说："妈妈呢，她到哪里去了？"

父亲开口了，他说："你妈妈也被月亮船载走了。"

女孩说："妈妈救人，月亮船才载着她，是吗？"

父亲点头。

女孩说："我要妈妈，我不要妈妈让月亮船载走。"

说着，女孩冲河里喊了起来："妈妈，你回来！"

水里，一只月亮船荡了荡，但女孩的妈妈，却没有回来。

女孩呆了起来。

呆了一阵，女孩开口唱起来：

月亮船呀月亮船

载着妈妈的歌谣

飘进了我的摇篮

淡淡清辉莹莹照

好像妈妈望着我笑眼弯弯

……

拾稻穗的小男孩

　　小尹住在一幢矮屋里，那地方离乡下很近，过一座小桥，就是大片的农田。很多有钱人，喜欢这样的地方，他们在这儿建起一幢又一幢房子。小尹的大人，把这些房子叫做别墅。很多时候，大人都牵着小尹，去看那些别墅。在一幢又一幢别墅前走过时，大人总跟小尹说："你大了好好读书，读了书赚大钱，也住这样的别墅。"

　　小尹对大人的话毫无反应，不喜欢跟大人到这儿来。那些别墅差不多是一样的，小尹不知道在哪儿，总有迷路的感觉。倒是桥那边的乡下，小尹喜欢去。小尹总是站在桥上，往乡下看，觉得乡下好玩。小尹看了一会儿，就过了桥，往乡下去。但这时大人总会喊起来："小尹，你回来——"

　　小尹听了喊，走回来。

　　但有一天，小尹听了喊，也不回来，仍往前走。大人见了，就过来拉着小尹，大人说："莫去乡下，去乡下会迷路。"

　　小尹说："我认得回家的路，不会迷路。"

　　大人说："走远了就会迷路，迷了路，你就做乡下人了。"

　　大人这话是说着吓小尹的，就像说狼来了一样。但小尹不会吓着，小尹说："我就做乡下人。"

　　大人听了，就打了小尹一巴掌，然后拉小尹回家了。

　　有一天，小尹又到桥上去了。这天大人不在家里，小尹在桥上站了一会儿，走下桥了。走了一会儿，小尹看见田里有一个孩子。这是一个跟自己差不多大的孩子，小尹看了看她，问着孩子说："你在这儿做什么呀？"

　　孩子说："拾稻穗。"

　　小尹也想跟孩子一起拾稻穗，便说："我跟你一起拾稻穗吧？"

孩子点点头，同意了。

小尹于是跟孩子一起，在田里拾稻穗。那孩子的大人，在不远的地方割禾，孩子去那儿拿了一只篮子，让小尹提着。于是两个孩子各提一只篮子，在田里拾着稻穗。那是大热天，小尹身上只穿了一件小背心。很快，小尹身上晒红了。那孩子见了，就把大人脱下的一件褂子拿来，让小尹穿上。

那是一件衬衫，很旧了，还打着补丁，小尹穿上它，像个乡下孩子了。

小尹的大人回来没见着孩子，便到处找。大人先去了那些别墅区找，走过一幢别墅，大人便喊一句："小尹，你在哪儿？"又走过一幢别墅，也喊一句："小尹，你在哪儿？"小尹不在这里，当然没人回答她。后来，小尹的大人见了一个人，就说："你见到一个孩子吗？他叫小尹。"又见一个人，也说："你见到一个孩子吗？他叫小尹。"这里没人见到小尹，都摇头。后来，大人就走过那座小桥，到乡下了。在这儿，大人仍喊："小尹，你在哪儿？"

那个孩子，看到一个大人在找孩子，也听到大人叫，那孩子于是跟小尹说："一个大人在喊人，是喊你吧？"

小尹点点头。

孩子说："你快应声呀？"

小尹说："我不应，应了，我就不能跟你一起拾稻穗了。"

大人没看到小尹，她仍找着，一声一声喊道："小尹，你在哪儿呢？"

后来大人就走近小尹和那个孩子了，问着他们说："见一个孩子吗，跟你们一样大的孩子？"

小尹知道大人没认出他来，想笑，但忍住了，只摇了摇头。

那孩子也摇了摇头。

大人走开了，仍叫："小尹，你在哪儿呢？"

又叫了一会儿，大人仍没见到小尹，就发起急来，这时走累了，大人坐在路边，但仍喊着，声音里带着哭腔地叫着："小尹，你在哪儿呀？"

小尹看见大人都要哭了，便往大人跟前去。到了，小尹喊了一句："妈妈——"

大人听见有人叫她，看见一个穿一件破烂衣裳的孩子站在跟前，于是看看那个孩子说："你是谁？"

小尹说："我是小尹。"

河边的小花

我在田园买了一套商品房，地段在抚河边上，离抚州城有十几里，我们周围都是村庄，再远，就是下马山了。开发商把这儿叫做田园，我觉得是恰如其分的。

我搬来这年，是一个大旱之年，这年夏秋冬连旱，干涸的抚河里只有一条细细的水带，撸起裤子就可以蹚过抚河。我经常看见附近一个村子的农民撸起裤子蹚过河去。一天又看见一个人在沙滩上走着往河中间去，这是个女孩子，大概二十岁左右。我以为她也要蹚水过河，但我想错了，到了水边，她并没有过去，而是坐在水边的沙滩上。我不知那女孩坐在那儿做什么，我观察了她好一会儿，想弄个明白。但我白费了心思，女孩子一直坐在那儿，让我失去了看她的耐心。

后来，我便经常看见这个女孩。我没看见她蹚过水过河去，总见她坐在水边。一个女孩子总坐在水边，很容易让人想到她失恋什么的，也让人放心不下。有一天我往女孩那儿走去，近了，我真的觉得女孩让人放心不下。女孩一脸的忧伤，坐在那儿一动不动，呆呆地。

我问起女孩来，开口说：“你怎么总是坐在这儿呢？”

女孩没作声。

我又说：“你好像很忧伤？”

女孩还是不作声。

我以为女孩不想跟生人说话，便表白说：“我住在田园，挨着你们村，我们是邻居。”

女孩仍不作声。

我说："你坐在这里，很让人担心，这是河边。"

女孩依然不作声。

我又说："你不会想不开吧？"

女孩这回终于开口了，说："可惜水太浅了，不然，也许我会走下去。"

我说："为什么要这样呢，是失恋吗？"

女孩又不说话，任由我再问什么，她也一声不吭。

我只好讪讪而归。

才从河边上来，我看见一个朋友，这朋友就住在女孩村里。看见我从河里走上来，朋友问我说："你这个记者也撸起裤子蹚水过河？"

我摇摇头，指着女孩说："我看到女孩坐那儿，便过去问她坐在那儿做什么。"

朋友说："你真是个记者，什么事都想知道。"

随后，朋友把女孩的情况告诉了我，正如我想的那样，女孩失恋了。当然，也有我没想到的。女孩原本在华光超市做事，还担任了水果柜的班长。水果柜经常有一些烂了的水果要削价，比如十五块钱一斤的美国苹果，如果烂了，只卖两块钱一斤。一天，一个女人拿了几个苹果去称，说是两块钱一斤的烂苹果。但过秤时，营业员发现那不是烂苹果而是好苹果。问女人怎么回事，女人一口咬定苹果是烂水果柜台上拿的。最后，这事追查到班长，也就是那个女孩身上。超市认为女孩工作不负责，把好水果当坏水果卖，超市甚至认为女孩和女人是串通的，结果是女孩被辞退了。

朋友最后告诉我，女孩为此很伤心，天天坐在河边上。

我很为这个天天坐在河边的女孩担心。

这个冬天过去，春天来了。入春后不久，连着落了好几场大雨。这几场雨，结束了旱情，也让抚河浩浩荡荡像条河了。

涨水了，我以为女孩不会再到河边来了。但错了，女孩还是来了。现在，她不可能坐在沙滩上，她坐在堤边。水已经涨到堤边了，她脚下，河水有些汹涌了。

我更为女孩担心了。

一天我又走近了女孩，我说："现在涨水了，你坐在这里让人很担心。"

女孩这次开口了，女孩说："你又不是我什么人，干吗要为我担心？"

我说："人都有爱心，我真的很为你担心。"

女孩忽然笑了一声，苦苦地一笑，说："人有爱心吗，人有爱心，我怎么会被人抛弃呢？人有爱心，我怎么会被人家不问青红皂白辞退呢？"

女孩说着时，一片落叶在水里漂着，女孩看着落叶说："你知道吗，我看见落叶，就觉得自己是一片落叶。"接着，水里又漂着一根枯枝。女孩又看着枯枝说："看见枯枝，我又觉得自己是一根枯枝，反正，我是被人抛弃的东西。"

我说："不是的，你还年轻，一切都会好起来。"

女孩身边有一朵细细的小花，黄色的，女孩这时把花掐在手里，看了许久，说："我就是这朵小花，默默无闻，毫不起眼，谁都可以掐掉它。"

女孩说着，流泪了。

看见女孩这样伤感，我竟不知道怎样安慰她。

几天后，我又看见了女孩，她还坐在堤边，她身边，堤上堤下，那种黄黄的小花无边无际地开着，到处一片金黄，煞是好看。

我走了过去。

女孩已经跟我有些熟了，见我走来，跟我点了点头。我也点点头，然后指着堤上堤下黄灿灿的花说："即使是最不起眼的小花，也有辉煌的时候，你看见了吗？"

女孩呆呆地看着。

这天，也就是我离开后不久，女孩在抚河里救起了一个孩子。是我们田园里住着的一个孩子，这孩子一个人到河边去玩，落水了，是那个女孩把他救了起来。孩子的父母我很熟，一起在田园住着，出出进进都见得到，他们见了我，总跟我说："刘记者你去写写那个女孩吧，是她舍命把我儿子救了起来。"

我去了，但没见到女孩，人家告诉我，女孩去外地打工了。

我后来再没见到女孩，但站在堤边，我总觉得我看见了女孩。女孩也是一棵草，寒冬一过，便蓬蓬勃勃花开遍地了。现在，那些花儿依然在我眼里灿烂着，我觉得，那就是女孩美丽的倩影。

向 往 阳 台

　　我无数次梦见我住上带阳台的房子，在梦里我会久久地站在阳台上，看天上飘过片片白云，看地上走过芸芸众生。我在阳台上养了许多花草，把阳台装饰得美不胜收。我还在阳台上挂了一个风铃，让阳台发出美妙的声音。可惜，这仅仅是梦，梦醒了我发现我们待在一间窄窄的屋里，我为此常常叹惜，对现实无可奈何。

　　我还无数次走近那些带阳台的房子，在那些带阳台的房子下，我会久久地举头仰望，看那些站在阳台上兴高采烈的大人孩子，看那些被花草装饰得美妙无比的阳台。有一户人家，真在阳台上挂了个风铃，微风吹去，"丁零丁零"的声音美妙无比。这时候我一脸的羡慕，迟迟不走。一个熟人，见我仰头张望，便问："找人呀？"

　　我竟然点头，我说："找我自己。"

　　有很长一段时间我反反复复把一句话说来说去。有人问我以后嫁一个什么男人，我说嫁一个住着带阳台房子的男人。我说这话时神情严肃态度认真，但很多人都当我在开玩笑。有人也开玩笑说："有一个老头，住带阳台的房子，你嫁不？"

　　在我结婚那个年龄，真有人给我介绍过几个住着带阳台的房子的男人，但不知怎么阴差阳错，我与他们一一失之交臂，我最后只找了一个住着这么一间窄窄的房子的男人，带阳台的房子于是成了我一个长长的梦。

　　这个长长的梦做了很久很久，终于要结束了。

一天丈夫回来，说单位集资盖宿舍，问我集不集资。我说集，为什么不集，但一定要住楼上，要阳台。把集资款交上去后，我恨不得那房子像气泡一样立刻吹起来，我几乎天天去看房子，有一天甚至去了三次，在我的焦急渴望中，房子真在我眼前童话般地立了起来。

我搬进新房是一个雨天，把一切收拾好后，我在阳台上站了很久很久。夜已深了，我眼里什么也没有。有风吹来，有雨飘来，我全然不顾。在阳台上我听到沙沙的雨声，这声音以往常听，但这一次我发现沙沙的雨声像乐曲一样让人痴醉。

我对阳台的体验仅限于这个落雨的漆黑的晚上。第二天一大早我又走上阳台，但楼上楼下"咚咚"的声音搅得我没一点心情，我俯身往下看了看，又仰头往上看了看，然后问他们："你们做什么呀？"

他们回答："封闭阳台呀。"

我很奇怪，又问："干吗封闭阳台呢？"他们回答："都这么做。"

仅仅是两三天后，我发现我住的那幢房子所有的阳台都封闭了。封闭阳台的玻璃有花色的、黑绿色的、咖啡色的，既漂亮又气派。于是我的阳台相形见绌了，与周围的阳台格格不入。我和丈夫在楼下仰着头看了很久，最后丈夫说："怎么办呢？"

我也说："怎么办呢？"在我们发呆时，有好心的邻居走过，邻居说："你怎么不封闭阳台呢，都封了，你不封，显得寒酸。"

邻居又说："不要不舍得呀，钱是用的。"

我和丈夫相对无言。走上阳台时，我仰头看了看天，天上真的有片片白云飘过，这时候我真舍不得把阳台封掉，但转身看见周围芸芸众生时，我觉得这阳台不封不行。

我于是跟丈夫说："我们也把阳台封掉吧。"

几天后，我家的阳台封闭了。

我曾经向往阳台，拥有了，又亲手封闭了它。

一天在封闭的阳台里往外看，灰蒙蒙的天上不再有白云飘过，地上倒人影幢幢，但幢幢人影中我好像看见我自己了，原来我就是其中一员。阳台，又成了我一个长长的梦。

1963 年过年

男人挑了一担灯芯，要出门。一个女孩儿，蹦蹦跳跳跑了过来，女孩儿说："爸爸要去哪儿呀？"

男人说："卖灯芯。"

女孩儿说："爸爸什么时候回来呀？"

男人说："过年回来。"

男人说着，出门了。女孩儿跟了几步，说："爸爸，给我买新衣裳过年。"

男人应一声，走了。

男人很快出了村，往荣山方向去。从这儿到荣山，有六七里，但男人不会在荣山卖灯芯。荣山这一带的人，几乎家家户户都栽灯芯草。这一带的人，也和男人一样，会挑了灯芯，去很远的地方卖。男人现在要经过荣山，去一个叫抚州的地方。从荣山到抚州，有六七十里。男人肩上挑着满满的一担灯芯，但灯芯没重量，一担灯芯只十几二十斤，男人不把这担灯芯当回事，他一天就能走到抚州。

果然，这天傍晚，男人到抚州了。一到街上，男人喊起来："卖灯芯，点灯的灯芯。"

有人应声说："小的几多钱一支？"

男人说："三分。"

应声的人讨价还价："两分卖不卖？"

男人说："拿去。"

就有人走到男人跟前来，犹犹豫豫掏两分钱给男人。男人拿一支灯芯给人家，很小的一支，只有小指头那么粗。又有人过来，要买一角钱，男人也拿了一支给人家，这一支大些，大拇指那么粗。再没人过来了，男人又挑起灯芯喊道："卖灯芯，点灯的灯芯。"

此后，抚州大街小巷都听得到男人的声音。

在抚州卖了几天，男人就离开抚州了。男人一路前去，去流坊，去浒湾，再去金溪。金溪过后往南去，先去南城南丰，然后去福建的建宁、泰宁和邵武、光泽，再回资溪南城，最后返回荣山回家。这样来来回回，男人要在外面待一个多月。但不管走多远，男人都会在过年前赶回去。

这天，男人到浒湾了。

浒湾有上书铺街，还有下书铺街。两条街其实算不上街，只算得上一条小巷子。天晚了，街两边的房屋透出灯光，就是用灯芯点的灯。很暗的光，星星点点。这样星星点点的光，无法照亮巷子。一条巷子，黑漆漆的。男人挑着灯芯，高一脚低一脚走在巷子里，仍喊道："卖灯芯，点灯的灯芯。"

一户人家，没点灯，屋里黑漆漆的。黑漆漆的屋里走出一个人来，这人说："你来得及时，我屋里的灯芯刚好用完了。"

说着，拿出两分钱，买一支灯芯回去。

少顷，那屋里有光了。

也有人不愿花钱买灯芯。这天走到金溪，就有一个人听了男人的喊声后，开口问道："我用鸡蛋跟你换灯芯，可以吗？"

男人摇头，男人说："鸡蛋会打碎，不换。"

这个想用鸡蛋换灯芯的人，站在一家小店铺前，男人见了，就说："你店里有棒棒糖吗，我用灯芯换你棒棒糖。"

那人说："怎么换？"

男人说："一支灯芯换三个糖。"

那人点点头，同意了。

在男人换糖时，男人家里的女孩儿在想爸爸了，女孩儿问着大人说："妈妈，爸爸什么时候回来呀？"

大人说："还早哩，过年才回来。"

　　确实还早，男人那时候还在金溪。随后，男人去了南城南丰，再去了建宁和泰宁，还去了福建邵武、光泽。这一路花费其实很大，男人白天要吃，晚上还得住旅社。这一切开销，全在一担灯芯里。为此，男人一路很节约。有时，男人一天只吃两个包子。而且，这包子不是拿钱买的，是用灯芯换的。但该买的，男人还得买。男人有一天就在邵武买了好几块布，好看的花布，是给家里女人买的。男人还买了一件红灯芯绒衣服，买给女孩儿的。男人还买了一根扎头的红绸子，也是给女孩儿买的。这东西可买可不买，男人犹豫了很久，拿出二分钱，买下了，然后放在贴身口袋里。

　　男人回来时，灯芯全部卖掉了。但男人肩上的担子，没轻下来，反而重了。男人担子里放着布，放着衣裳，还放着麻糖、花生糖和拜年的灯芯糕。在荣山街上，男人买了几斤肉，买了盐和酱油。然后，男人就挑着东西回家了。女孩儿早就等在家门口，老远看见男人回来了，蹦蹦跳跳跑过去，女孩儿说："爸爸，给我买了新衣裳吗？"

　　男人说："买了。"

　　女孩儿就跳起来。

　　不一会儿，女孩儿就让妈妈帮她穿好了红灯芯绒的衣裳。男人买的红绸子，也扎在女孩儿头上。随后，女孩儿含着棒棒糖出去了。在外面，女孩儿看见几个孩子了，于是把口里的棒棒糖拿出来，然后跟几个孩子说："我爸爸回来了，给我买了新衣裳，还买了扎头的红绸子和棒棒糖。"

　　女孩儿说着时，有爆竹噼噼啪啪响起来。

　　过年了。

房　子

1

孩子喜欢玩积木。

孩子有一盒红颜色的房子积木，他还小，但拼积木这样容易的事孩子还是会做的。孩子每天都会拼出各种式样的别墅来。当然，孩子还不知道别墅这个词，他只知道他拼出的是一幢又一幢房子。有好长一段时间，孩子只玩着这盒积木。孩子或趴在桌子前或趴在地下，不停地拼着，拼了拆，拆了拼，乐此不疲。

2

一个领导在建一幢别墅。

那个县里很多领导都建了别墅，这个领导于是也跟样建起来。开始，领导以为建一幢别墅很麻烦，没想到建起来却非常简单。有人知道领导要建别墅，立即送来了砖，送来了水泥，送来了钢筋。当然，还有人送了钱来。还有的人，干脆把自己送了过来。这话不好理解，正确的说法是，有人整天为领导建别墅忙前跑后。领导没费什么力气，只觉得那别墅像吹气泡一样突然就吹了起来。

3

孩子这天又拼了一幢房子，他觉得这次拼出的房子特别好看，没拆它。随后，孩子端着房子走了出来。走了不远，孩子看见一幢房子快要做好了。孩子觉得那幢房子很像他手上端着的积木房子。

孩子不再走了，站在那儿。

领导这时从别墅里走了出来，看见了孩子手里的积木房子，领导也觉得孩子手里的积木房子很像他的别墅，于是看着孩子说："你手里的积木房子像我的别墅。"

孩子说："不，你的房子像我的积木房子。"

领导就笑了，说："一样一样，都一样。"

孩子说："也不一样，我的房子是红颜色的，更好看。"

孩子的话提醒了领导，领导觉得孩子手里的红房子确实更好看，于是说："那我的别墅也贴红瓷砖吧。"

说着，领导走了。

孩子也走了。

4

孩子再看见那房子时，房子外面果然贴了红瓷砖。孩子手里还端着那盒积木房子，他手里的积木房子真的跟他看到的房子一模一样，连颜色也一样。

孩子后来很喜欢去看那幢红房子，这样，他就有机会再看见那个领导了。一天，孩子就看见领导从房子里走出来。领导也认得孩子，于是说："你怎么又来了？"

孩子说："来看你的房子呀。"

领导说："还是叫别墅好听一些。"

孩子说："别墅是什么？"

领导觉得这问题蛮难回答的，想了想，跟孩子说："别墅就是好看的房子。"

孩子就记住别墅这个词了，他说："你的别墅真好看，我大了也要做一幢这样好看的别墅。"

5

这以后不久，领导因贪污受贿被抓了起来。有很多人很恨领导，因为领导收了很多人的钱，但总不帮人办事，这些人便恨领导。领导在位时，他们不敢做什么。但领导被抓了，他们就敢作敢为了。有一阵子，天天有人用石头砸领导的别墅，还有人在墙上乱涂乱画，甚至有人做煤球，也往领导别墅的墙上贴。

孩子当然不知道这些，有一天，孩子又端着他的积木房子去看那幢别墅。到了，孩子忽然发现别墅跟以前不一样了。他看见别墅的玻璃碎了很多，墙上涂得乱七八糟，还有门，被踢得稀巴烂了。一幢好看的别墅被弄得这样，便不好看了。

孩子呆在那里。

在孩子呆着时，一个人捡了一块大石头往窗子上扔。孩子没看到那人扔，但轰的一声响，孩子不可能听不到。孩子吓着了，手一抖，积木落在地上，散了。

随后，被吓着的孩子跑走了。

6

以后，孩子再没去看那幢别墅了。

那盒积木，也不见了。

孩子的积木时代，一去不复返了。

山

芊一直闹着要上学，芊的成绩很好，中考上了重点高中分数线，但芊家里很穷，父母不让芊继续上学。父母说芊要上学，就不让弟弟上学。父母这样说，芊的决心就动摇了，弟弟马上就要去读一年级了，弟弟背着芊用过的旧书包，在屋里走来走去，甚是陶醉的样子。芊看得出来，小小的孩子心里，也有一个希望了，这就是读书。芊是姐姐，她怎么也得让弟弟的希望变成现实。

开学了，弟弟如愿背着书包一跳一跳地跑去上学了，芊却没能继续上学。门口走过一个一个背着书包上学的孩子，芊不敢看他们，看见他们就难过。芊后来拿了一把柴刀和一根扁担上山砍柴去了。现在，芊真的没有去读书了，她很难过，在山上呜呜地哭了起来。

十六岁的女孩还是多梦的季节，芊哭了一阵，坐在树下睡着做起梦来。芊梦见自己去读高中了，父母帮她担着行李送她出山，芊就像一只出笼的鸟儿，在父母面前又跑又跳，快乐无比——

芊的梦终止被二痴的喊声打断了。

二痴是村长的儿子，半痴半傻的一个人。二痴见芊在树下睡着了，就喊她，芊就在二痴的喊声中醒了。芊醒了没看二痴，还沉浸在梦里，她眼前就是一条出山的路，芊在梦里就是从这条路上走出山的，芊久久地看着那条路，在心里发誓，一定要让梦变为现实。

三天后，芊的梦便成为现实了。芊去找村长借钱，村长没借，但村长说芊以后如果肯嫁给他儿子，他可以出钱给芊读书。村长是极精明的一个人，他想自己半痴半傻的一个儿子，如果娶芋这样有文化的老婆，下半辈子是不愁了。芋考虑了两天，同意了。村长于是让芋和儿子订婚，全村的人都去吃订婚酒。订婚酒一完，芋就动身了。那个梦，芋让它实现了。不同的是，送芋出山的不仅仅是她父亲一个人，还有村长和二痴。二痴歪歪倒倒走在芋的旁边，芋忽然觉得他是自己身上一只沉重的翅膀。

芋在高中读了三年，三年的费用都是村长出的。村长常去看她，也常说读了高中，就回去跟二痴结婚。芋每次都点头，但读完高中，芋却结不成婚了，芋考取了北京一所大学。芋告诉二痴，说她考取了大学，要去北京。二痴看着芋，说北京是什么地方。芋听了这话，久久地盯着二痴，她这时候忽然想到，这个人不可能成为自己的丈夫，自己的丈夫也绝不会是这样一个人。

芋随后读大学去了，她不再用村长的钱，她的学费、吃穿都是自己赚的。芋白天上课，晚上家教，寒暑假打工，日子紧紧张张却也应付了下来。芋不会嫁给二痴，为此她也不敢回去。芋不回去，父母和村长便不停地给她写信，父母在信中说村长逼得很紧，要她回去跟二痴结婚。村长在信中让芋不要忘恩负义，不要说话不当数。芋很少回信，她不敢回，不知道怎么处理这事。

芋读大三时，她父母来了。父母说你这一去不回，我们的日子很不好过，村长天天逼我们、骂我们，村里人也指桑骂槐，说我们忘恩负义。父母又说你还是回去结婚吧，我们确实欠人家的，我们也确实对不起人家。芋就流泪了，说倘若我没有读过书，我或许会跟二痴结婚，但现在怎么可能呢，他一个半痴半傻的人，他连北京是什么地方都不懂，我怎么去跟他生活呢。芋这一哭，父母也动摇了，只好心事重重地回去了。

芋的父母走了不久，村长带着二痴也来了。二痴在校门口不敢进去，村长扇了他一个耳光，他才捂着脸怯怯地往里走。村长见了芋，让芋回去。芋怎么会回去呢，芋说她以后会还村长的钱。村长便不顾芋的脸面了，大吵大闹见人就说芋忘恩负义，还告了芋的状并赖在学校不走。学校就找芋谈话，说这事怎么不妥善处理好呢？芋说我没法处理呀，只有跟他结婚，可他是个半傻的人呀，他连北京是什么地方都不知道，这样的人，我怎么跟他生活呢。学校很同情芋，没对她处理，并把村长父子劝走了。

芋仍然在学校读书，但很久很久芋都平静不下来，多数人同情芋理解芋，但也有少数人不理解，他们认为芊不应该利用人家，不应该忘恩负义，不应该过河拆桥。芊常常在这些闲言碎语中抬不起头。

芊后来常常做一个梦，梦见一座山压着她，那座山就是芊以前天天砍柴的那座山。芊离开了那座山，而且很远很远，但有时芊又觉得那山其实离她很近很近。比如在梦里，山就压着她。

芊梦醒后常常泪水涟涟，她睁着眼睛不敢再睡，芊实在很怕自己被山压着。

金灿灿的金银花

我喊麦子叫姐姐。

麦子姐姐不是我们村里人，她住在小杨村，离我们村有二三里远。麦子姐姐会做酒药，用她做的酒药酿的酒，又香又甜，酒酿多，酒糟也不会糙。那段时间，只要一提到麦子姐姐，一股酒香就甜蜜在我心里。

开始我并不认识麦子姐姐，一天我大人要酿酒，牵了我去麦子姐姐那里买酒药。那是一条小路，两边都是菜园，菜园上爬满了金银花。正是夏天，金银花开了，黄白相间的金银花不是很起眼，但远远看去，也是金灿灿一片，十分好看。

麦子姐姐屋边开满了金银花，那天我见着她时，她穿一件黄衬衫，脸白白的，乍看去，麦子姐姐也像一朵金银花。

两天后，用麦子姐姐的酒药酿的酒出来了。我还记得当时的情形，我大人把窝酒的盖子一揭，全村都浸在酒香里。左右邻居闻到了，都说小芳娘又酿了酒呀。我大人一脸高兴，谁问了都说来尝尝吧。真有人来尝，尝过后都说是麦子的酒药吧。我大人不停地点头。我随后也尝了，可以说，那是我吃过的最香最甜的酒。

这以后不久，我大人又要酿酒。这回，她没去麦子姐姐那儿。她大声喊了我一句，"去麦子姐姐那里买三个酒药来"。说着，给了我五角钱。我捏了钱，兴冲冲往麦子姐姐那儿去。还是夏天，金灿灿的金银花还开着，在一路花香中，我仿佛又喝到那又香又甜的酒了，我有些醉了。

到了麦子姐姐那儿，我大声喊起来："麦子姐姐，我妈妈让我来买酒药。"说着把钱递给麦子姐姐。麦子姐姐把钱接过，用纸包了三个酒药给我，还说拿好呀，不要掉了。我应一声，捏着酒药跑走了。

有了这酒药，我们一个村又要浸在酒香里。

后来不仅我大人酿酒让我去麦子姐姐那里买酒药，村里其他人要酿酒，也让我去买，于是我总是拿了钱往麦子姐姐那儿去。金银花还开着，在这条花香满径的小路上，我快乐着。

麦子姐姐也会到我们村里来。我们村里有个三婆，无儿无女，她非常喜欢吃甜酒。我们村里谁酿了酒，都会送一些给她。麦子姐姐也会专门来给她酿酒。麦子姐姐来时，村里很多人都会过来跟她打招呼，还拉麦子姐姐去他们家里吃饭。看得出，大家都很喜欢麦子姐姐。麦子姐姐不但会酿酒，还会做裁缝，三婆身上的衣裳，都是麦子姐姐做的。麦子姐姐对三婆这么好，我以为她是三婆家什么亲戚。一回问了问大人，大人告诉我三婆不是麦子的亲戚。我就问她们不是亲戚，麦子姐姐为什么对三婆那么好。大人说麦子对谁都好。这话是真的，一回去麦子家里买酒药，麦子姐姐见我身上的衣服烂了，便让我脱下衣服，帮我补。

一天我又去麦子姐姐那里买酒药，这回拿了酒药，我没走。我看着麦子姐姐问起来，我说：麦子姐姐，你的酒药是用什么做的呀？

麦子姐姐笑起我来，她说：小芳你还想学我的技术呀？

我急忙摇头，麦子姐姐在我摇头时告诉我，她说：用金银花做的。

我说：难怪你这儿栽了这么多金银花。

这年秋天，金银花没有了，可麦子姐姐的酒药还有，用麦子姐姐的酒药酿的酒，还是又香又甜。我有些不解，一天看着麦子姐姐问道：现在没有了金银花，麦子姐姐你怎么还做得出酒药呢？

麦子姐姐又笑了，她说：我会变呀。

也就是这天，在回家的路上，我把麦子姐姐给我的酒药丢了。我当然找了，在那条路上走来走去，但我始终没找到。那时候我很害怕，不敢回家，总想找什么方法过关。后来，就找到了，麦子姐姐村里有一个人做馒头包子卖，我以前会去他那里偷湿面粉玩。这天，我又去偷了一点点湿面粉来，然后揉成小团团，晒干后给了我大人。

这回，酒肯定没酿出来，当大人把窝酒的盖揭开时，一股酸臭味扑面而来。大人觉得很奇怪，"咦"了一声，还说这什么酒药，然后皱紧了眉。

不过，大人没去找麦子姐姐，她把酒倒了，再没提这事。

我后来如法炮制，村里不管谁让我去麦子姐姐那里买酒药，我都把钱贪污下来，然后去那个做馒头的小店里偷湿面粉，揉成团晒干后给他们。结果可想而知，没有谁酿得出酒来。村里人心很软，开始都没去找麦子姐姐，只说她做的酒药怎么没用了。后来有一天，一个人忍不住了，这人抱了酿酒的罐子去找麦子姐姐，问她酒药怎么做的。我当时跟在后面，我看见麦子姐姐满面通红，跟那人说是不是我配方搞错了，我以后小心。没人怀疑我，过后照例让我去麦子姐姐那儿买酒药。我小时候一定是个无可救药的人，我仍那样做，于是我们村里整天弥漫着一股酸臭味。一个人一天又抱了酿酒的罐子去找麦子姐姐，见了，脸色很不好看地说：你做的酒药怎么总酿不出酒来？

麦子姐姐就流泪了，她说我也不知道什么原因，我帮你再酿一次试试吧。随后，麦子姐姐就在我们村里帮那人酿酒，还帮了另外两户人家里酿。结果肯定不同，出酒那天，满村都飘散着浓浓的酒香。

随后，麦子姐姐裹着酒香来找我了，见了我，她狠狠地瞪了我一眼。我知道麦子姐姐察觉了，我生怕她说出来，吓得浑身哆嗦。

但麦子姐姐没说。

几天后，我一个人在外面玩，麦子姐姐走了过来。她还那样瞪着我，同时很严厉地看着我说：小芳你给了人家什么？

我忽地吓哭了。

见我哭了，麦子姐姐忽地不好意思起来，好像犯错的不是我而是她，她拍着我的背说：小芳别哭，是姐姐不好。

麦子姐姐这样说，我都不好意思哭了。

这事就这样过去了，没人知道我这件事。一天村里一个人要酿酒，仍让我去麦子姐姐那儿买酒药。捏着钱，我竟不敢去找麦子姐姐。犹豫了许久，我还是去了。把买酒药的事一说，我以为麦子姐姐会自己把酒药送去，但她没有。麦子姐姐像没那回事一样，包了酒药给我。我捏着酒药出门时，忽然看着麦子姐姐说：你就这么相信我，不怕我再换了吗？

麦子姐姐笑着说：我相信你，你不会再做那样的傻事。

我又流泪了。

那时候又是夏天了，路两边的金银花又开了，泪眼矇眬中，那些金银花闪闪发着亮，真的是金光灿灿了。

金灿灿的金银花哟，你会在我眼里灿烂一辈子。

往　事

一个女人，静静地待在河边。一河碧水，缓缓地流去，无声无息。河边是青青的草滩，有蝴蝶、蜻蜓翩跹着来，又翩跹着去。一个七八岁的女孩，头上扎一朵蝴蝶花，女孩在河滩上跑着，捉蝴蝶。女孩翩跹的样子，也像一只蝴蝶。

看着女孩，女人唱了起来：

如梦如烟的往事

散发着芬芳

那门前可爱的小河流

依然轻唱老歌

小河流我愿待在你身旁

听你唱永恒的歌声

让我在回忆中寻找往日

那戴着蝴蝶花的小女孩……

女孩在女人唱着时走了过来，女孩眨眨眼，问起女人来，女孩说："阿姨，你在这里做什么呀？"

女人说："唱歌。"

女孩说："唱什么歌呀？"

女人说："《往事》。"

女孩说："往事是什么呀？"

女人说："往事就是你呀。"

女孩听不懂，又眨眨眼，跑走了。

女孩仍在河滩上跑着，翩跹的样子，也像一只蝴蝶。和女孩一起翩跹的，还有时光，它也翩跹着跑走了。等有一天，女孩又来到河边时，女孩发现她的岁月像流水一样缓缓地流去，无声无息，女孩也在这无声无息中变成了女人。

女人也静静地待在河边，河边是青青的草滩，有蝴蝶、蜻蜓翩跹着来，又翩跹着去。一个七八岁的女孩，头上扎一朵蝴蝶花。女孩在河滩上跑着，捉蝴蝶。女孩翩跹的样子，也像一只蝴蝶。

看着女孩，女人唱了起来：

如梦如烟的往事

散发着芬芳

那门前可爱的小河流

依然轻唱老歌

小河流我愿待在你身旁

听你唱永恒的歌声

让我在回忆中寻找往日

那戴着蝴蝶花的小女孩……

女孩在女人唱着时走了过来，眨眨眼，问起女人来："阿姨，你在这里做什么呀？"

女人说："唱歌。"

女孩说："唱什么歌呀？"

女人说："《往事》。"

女孩说："往事是什么呀？"

女人说："往事就是你呀。"

女孩听不懂，又眨眨眼，跑走了。

女孩仍在河滩上跑着，翩跹的样子，也像一只蝴蝶。和女孩一起翩跹的，还有时光，它一样会把女孩的今天翩跹成往事。

黑 蝴 蝶

　　那时候儿子依偎在他的怀抱里，有蝴蝶飞过来，是黑色的，很大。儿子从他怀抱里挣脱出来，歪歪地跑着去捉。蝴蝶没捉到，倒是他跑过去把儿子捉到了。他说："莫捉蝴蝶。"

　　儿子仰着头，问他："为什么？"

　　"蝴蝶是人死了之后变的。"

　　儿子说："人死了都变蝴蝶吗？"

　　他说："都变蝴蝶。"

　　"爸爸以后也变蝴蝶吗？"

　　"莫乱说。"

　　儿子仍要去捉蝴蝶，他把儿子的一双手捉牢来。这儿蝴蝶蛮多，在他们头顶上翩翩起舞。儿子于是抬着头转来转去，大喊："这么多人都变了蝴蝶呀！"

　　他把儿子抱回了家去。

　　这以后他不大和儿子在一起了。他在外面交了个相好，很漂亮的一个女孩。女孩喜欢他，天天和他在一起，有一回女孩对他说："我们结婚吧。"

　　他说："我舍不得儿子。"

　　女孩说："以后我给你生就是。"

　　他发半晌呆，然后点了一下头。

　　于是就先跟妻子办离婚，办了离婚再收拾东西往外走，儿子拉着他的手，问："爸爸，你去哪儿？"

他扯了个谎，说："出远门。"

儿子说："爸爸以后不要我了？"

他不好作声。

这时候有一只蝴蝶飞来了，黑色的，很大。他看见儿子盯着它，一动不动。

黑蝴蝶晃来晃去飞走了。

他也走了。

以后他便见不着儿子了，他很想儿子，在他想儿子的时候他的新婚妻子便拍着肚皮对他说："莫慌嘛，我帮你生。"

他想只好这样。

于是就等，等妻子肚子隆起来。可是等呀等，等呀等，妻子并没有给他生儿子。

他便越发地把儿子想得慌。

有一回再也忍耐不住，便瞒着妻子去看儿子。但好些年不见，他不晓得儿子搬哪儿住去了。

很费劲打听才找到。

找到那屋时他看见了一个孩子，孩子很高了，已无昔日的稚气。他盯着看，有些不敢认，但直觉使他相信那就是他自己的儿子。于是他对孩子说："你认识我吗？"

孩子摇摇头。

他叫孩子认真看看他。

孩子认真看了后说："我不认识你。"

他说："我是你爸爸呀！"

孩子说："你不是我爸爸。"

他说："是你爸爸，我是你爸爸。"

孩子说："不是，你不是我爸爸。"

他固执地说："我就是你爸爸。"

孩子不再和他争，跑进屋里拿了一个小木盒出来。孩子把小木盒递给他，孩子说："我爸爸在这里边。"

他把小木盒打开来。

打开小木盒后，他眼泪就流了出来。

他看见小木盒里有一只蝴蝶，是只黑蝴蝶，很大。

玉　米

　　老头是市长的父亲，但在花园小区，没有一个人知道老头是市长的父亲。花园小区的住户，都是有身份或者说有钱的人，只有老头和他们格格不入。老头穿一件青布褂子，两只裤脚一只高一只低，脚上穿一双解放鞋。老头住进来好几天了，保安仍不认识他。有时候见老头从外面进来，保安总要大声说："你进来做什么？"

　　老头说："我住这里。"

　　保安说："你住这里？"

　　老头说："A区B栋503。"

　　保安不相信老头住这里，但老头说得那么具体，保安只好挥挥手，让老头进去。

　　小区里很多人看着老头进去，他们的脸色很不好看，等老头走远了，都说："我们这儿怎么会住进这样一个乡下老头呢？"

　　老头不管别人说什么，进进出出自在得很。有时候，他会笑一笑，看着小区里的住户或者说看着那些邻居打招呼。但老头自作多情，那些邻居面无表情，根本不睬他。老头也不恼，只笑着跟自己说："这城里人脸上怎么都像打了石膏一样？"

　　这后来的一天，老头闲不住了，自告奋勇在小区里扫地。小区本来请了清洁工，但那人懒，一天只在早上扫一次，其余时间便见不到他的人。那时候正是秋天，满地落叶，老头就拿一把扫把，提一只撮箕，扫地上的落叶。小区的人见老人满小区扫地，忽然就明白了，他们说："原来这老头是扫地的。"

小区有一个角落，大概有一亩地。这儿也栽了草，但因为偏僻，没人精心管理，草长得稀稀拉拉。有一天，老头在这儿侍弄起来。开始，小区的人不知老头做什么，以为老头在栽草。过了几天，看见老头把地全翻了，才知道老头要栽东西。保安当然不会坐视不管。保安有一天拿着警棍走过来了，他们凶着老头说："你在这儿做什么？"

老头说："看这块地闲着，想种些庄稼。"

保安就"咦"一声，大声凶着说："你以为这儿是你乡下呀？"

老头说："这地闲着不是浪费吗，种些庄稼多好？"

几个保安不再跟老头啰嗦了，推走他，一直往小区外面推。保安仍没把这个老头当小区里的人，所以往外推他。老头看看要把自己推出小区了，便大声凶着保安说："你推我去哪儿嘛，老子住这里呢！"

保安这才住手。

老头后来继续挖着那块地，保安也时常过来干涉，但并不奏效。老头倔得很，把他赶走了，他过了一会儿又来了。小区的人后来都知道老头要在那儿种庄稼，他们看着老头，总摇头，还说："典型的一个农民，走哪儿都忘不了种地。"老头随人家怎么说，把地挖好了，竟种上了玉米。老头应该是种田的好手，几个月过去，那块地的玉米竟青青翠翠好看得很。小区的人大多没看过玉米，有时候，他们会走过来，很有兴趣地欣赏着。

这天深夜，有一个贼翻墙进来，然后潜进一户人家想偷东西。正要偷时，被发现了。贼跳窗跑了出去，然后往玉米地里跑。刚好保安从玉米地边走过，保安当即把蹿进玉米地的贼捉住了。这个小偷一看就是个乡下人，保安打了他两警棍，然后让人去喊老头来。看见老头来了后，保安说："这个小偷一看就是一个乡下人，他是不是和你一起的？"

老头很生气，说："他是和你一起的差不多。"

保安说："我现在才知道你为什么要在这儿栽玉米，原来是为了你们偷东西好藏身。"

另一个保安甚至用警棍指着老头说："你们肯定是一伙的，一伙乡下人合伙在城里偷东西。"

老头暴怒起来，说："放你妈的狗屁，你他妈的才是贼！"

一个保安举着警棍打过来，还说："看你一副贼相，还嘴硬。"

这句话极大地伤害了老头，老头半晌说不出话来。后来老头说话了："我是贼相，好，我让你们知道我是不是贼相。"老头说着，从身上拿出一只手机来，十分小巧的手机，很精致。老头迅速拨了个号，然后说："你过来一下。"毫无疑问，老头给他当市长的儿子打了一个电话。

大概十几分钟后，市长就坐着车来了，市长一见老头就喊道："爸，出什么事了？"

门口围满了人，有人认得市长，叫了起来："这不是李市长吗？"

一伙人鸦雀无声。

不一会儿，物业经理和开发商都来了。开发商一个劲地道歉，还跟老头说："我们立即把几个保安辞了。"

老头说："那倒不必，我只是想让他们知道，我不是一副贼相。"

这事过后，老头还是原来那个老头。老头每天拿着扫把、撮箕出来扫地，见了人，仍然笑一笑。小区的人现在都知道老头是市长的父亲，见老头笑，也忙着回一个笑。

老头的玉米地还在，老头真是侍弄庄稼的能手。那片地，后来真结出了一棵又一棵玉米。把这些玉米收了后，老头竟一户一户地去敲人家的门。门开了，老头递过去几棵玉米，然后说："我栽的玉米，你们尝尝吧？"

小区所有的人都高兴地接过老头送来的玉米，在老头走开后，有人说道："难怪老头的儿子会当市长，原来老头人这么好。"

忘　记

　　我看见一个女孩要跳河。

　　女孩站在桥上，一座古老而又荒凉的桥。说它古老，是因为这是一座青石板桥。说它荒凉，是因为很少有人在桥上走动。而且，桥墩上缠满了薜荔。

　　女孩就站在桥墩上。

　　桥不是很宽，只有两三米。但桥还是很长，有二三十米。桥上走动的人确实很少。但隔一阵子，还是有一两个人走过。一个男人，荷着锄头走上桥了。男人看出女孩要做什么，于是劝起女孩来，我听到男人说："你不要做傻事。"

　　女孩没作声。

　　男人又说："你回去吧。"

　　男人说着，要从桥上下到桥墩上，他想拉女孩上来。女孩这时说话了，她说："你不要过来，你过来我就跳下去。"

　　女孩这样说，就吓着男人了，男人真不敢过去。

　　待了一会儿，男人走开了，走到我跟前时，男人跟我说："你要好好劝劝她。"

　　我点点头。

　　很明显，男人以为我跟女孩是一起的。但事实上我不认识女孩，我也是从这儿经过，看见女孩要跳河，我放心不下，才停下来，没走开。

　　不一会儿，又一个人走上桥了。这是一个老人，他也看出女孩要做什么，于是也劝起女孩来，老人说："你千万不要想不开呀！"

　　女孩没作声。

老人又说："你还这么年轻，千万不要想不开。"

女孩仍没作声。

老人劝了几句，劝不动，便摇摇头，走开了。很快，老人也走到我跟前了，老人说："你要好好劝着她。"

我说："我知道。"

还有人走上桥，也劝着女孩，但女孩一声不吭。有人想到桥墩上去，拉女孩上来。女孩这时便叫着说："你莫过来，你过来我就跳下去。"

没人敢过去了，这是涨水季节，桥下洪水汹涌，女孩跳下去，肯定活不了。

我没去劝女孩，但我也没走。女孩站在桥墩上，我也站着。女孩站久了，坐下来。我也坐下来。很长时间——一上午一下午过去了，女孩都没走，而我，也没走。

后来，天快黑了，女孩开口了，女孩说："你为什么不走？"

我说："我想看你跳河。"

女孩说："你为什么想看我跳河？"

我说："我长这么大了，还从来没看见别人跳河，要是看见别人跳河，我一定觉得很好玩。"

女孩说："你把自己的快乐建立在别人的痛苦上，你不觉得你很卑鄙吗？"

我说："我一点也不觉得我卑鄙，要是你真的跳了河，我会跳下去救你。"

女孩说："然后，你就成了英雄，对吧？"

我说："是这样，救了你，我就是英雄了。"

女孩说："我偏不让你得逞。"

谁都知道结果了，女孩没跳河，她离开了桥墩，走了。

我要的就是这种结果。

大概几个月后，我看见女孩了。那天，我陪着女孩在桥上站了差不多一天了，我不可能认不出她来。我在女孩走近时，跟她笑了笑。但女孩却没跟我笑，她木着一张脸，一点反应也没有。

看来，她把我忘记了。

不错，女孩真把我忘记了，看见我跟她笑，女孩很陌生地看着我说："你认识我？"

我仍笑，但摇了摇头，说："不认识。"

泡　　脚

老土有一个中学同学在城里当领导。有一天，领导请几个同学吃饭，老土也去了。本来，老土在乡下，领导没叫他。但那天老土刚好去城里看另一个同学，这同学是领导请的同学之一，于是就把老土一起带了去。

请客的地方在一家五星级酒店，进酒店时，老土看见几个同学个个衣服笔挺，皮鞋锃亮。只有自己，身上穿着皱巴巴的衣服，脚下是一双褪了色的解放鞋。老土看见同学们个个昂首挺胸，只有自己，头都不敢抬。

这餐饭倒没吃多久，两点就结束了。在这样的地方，老土很不自在，一散席，就想走人。但领导喊住了老土，领导说："你去哪儿，我们还要去泡脚哩。"

老土不知道泡脚什么意思，说："这个泡……脚，我就算了吧？"

几个同学就一起说："怎么算了呢，一起去。"

老土就随了同学，一起去。

其实也没出酒店大门，只进了电梯。也不知上还下，一会儿就到了。坐下后，老土才知道泡脚就是洗脚。一个小姐，端一大盆水过来，帮老土洗脚。老土把脚放在水里，让小姐洗着时，在心里骂起来，说他妈的这城里人真会享受，洗个脚还要找一个漂亮的小姐来洗。正在心里骂着时，小姐忽然就说话了："这位先生，你的脚要修吗？"

老土吓了一跳，不知怎么回答好。

小姐又说："我看你还是修一下吧，你脚上长满了老茧。"

老土还是不知道怎样回答，但这时边上一个同学插话说："我们老土同学没泡过脚，你帮他修吧，好好修一下。"

小姐就去拿了一大堆刀子剪子什么的过来，然后把老土的脚捧在怀里，绣花一样认真修起来。但小姐一边绣着时，嘴也没闲，小姐说："这位先生脚上的老茧真多。"

老土就说："别人脚上没有这么多茧吗？"

小姐说："没有，我还没见过谁的脚上有这么多茧。"

边上同学又插话了："你当然没见过这么多茧的脚，一般来泡脚的都是城里人，城里人脚上哪会长这么多茧，我们老土同学是农村来的，农村里的人，茧当然多些。"

小姐就笑着说："难怪。"

老土脚上因为茧多，修起来就特别慢。别人都修好了，老土连一只脚都没修好。领导和那些同学当然没有空等，他们跟老土说："我们先走一步，你慢慢修，所有的费用都交了，修好了，你走人就是。"

老土说："谢谢老同学。"

那些同学走了好久，老土的脚才修好了。老土看见，被小姐割下的脚皮，有一大堆。小姐看着那一堆脚皮，跟老土说："你的脚皮真多，我们这里还从来没修出过这么多脚皮。"说着，小姐就给老土穿好了袜子，穿好了鞋子，然后跟老土说："好了。"

老土就坐起来，然后站起来。但迈脚要走时，老土一个趔趄，跌倒了。老土不知怎么回事，爬起来迈脚又走，但也是没走一步，又跌倒了。

小姐也不知怎么回事，小姐说："你怎么啦？"

老土说："我怎么觉得脚上没力，好像这脚不是我的脚？"

随后，老土爬起来仍要走，但就是不会走，迈一步就跌倒在地。如此几次，都一样。小姐看看不行，喊来了领班。领班知道老土是领导带来的，领导是这儿的常客，领班有他的电话，于是打了电话过去，然后说："张部长，你快过来，你那个同学不会走了！"

老土那个当领导的同学几分钟就到了，领导让司机把老土搀扶了下去，然后又让司机把老土送回了家。

老土在家里休息了好几天，下地走路还是飘飘的，歪歪倒倒。老土的老婆见了，很生气。老婆骂着说："你以为你是城里人呀，修脚那种地方你也去？城里人修坏了脚，有小车坐，你把脚修坏了，不要作田呀？"

搬　家

　　她第一次去男朋友家里时，路过了一片高档住宅小区。她以为男朋友住这里，眼里明显有了光彩，她甚至跟男朋友说你住这里吗，怎么没听你说过？男朋友没作声，默默地把她带到高档住宅区边上的一幢灰不溜秋的矮屋前，男朋友说："我住这里。"

　　她眼里黯然失色了。

　　在男朋友家的几个小时里，她几乎没说什么话。百无聊赖中，她便在一张白纸上涂涂画画。画过，她自己看了都有些吃惊，她在纸上画出的，都是一幢幢高楼大厦。她学过画画，她能把那些高楼大厦画得非常好看。男朋友就在她边上，她随后指着她画的高楼大厦跟男朋友说："我这辈子最大的梦想或者说我这辈子最幸福的事。就是住上这样的高楼大厦。"

　　男朋友接过她的画，一张一张看着，然后说："我一定让你住上这样的房子。"

　　"真的吗？"她眼里又有了光彩。

　　"真的，我相信我一定能做到。"男朋友说。

　　在他们结婚后不久，他男朋友，不对，现在应该称为她的丈夫了，兑现了他的诺言，他卖了那幢低矮的木屋，又借了很多钱，在那片高档住宅小区里买了一套房。拿到钥匙后，她和丈夫去看了房子。把门打开，她像个孩子一样，这间房子跑跑，那间房子跑跑，然后拥在丈夫怀里说："我们终于住上了这样的房子了，我觉得真幸福。"

丈夫说："你幸福，我就幸福。"

后来他们又借了些钱，把房子装修了，然后就搬了进去。搬进去后，她脸上每天都洋溢着微笑。那住宅区很大，到处栽了树，栽着花，还有小桥流水，亭榭廊台。她一有空，就到这些地方走走看看。为了看个够，有一天，她居然骑了自行车在小区里兜，她要把小区的旮旮旯旯都走个遍。但后来，当她从一幢楼边骑车出来时，一辆小车嘎地一声刹在她跟前。开车的人随后探出头来凶着她说："怎么在这儿乱骑车子呀，不是我刹得及时，你死定了。"

车上一个女的，也探出头来说："这儿怎么还有骑自行车的人呢，真是的！"

她傻在那里。

接着她发现，住宅小区里进进出出的，几乎全是小车。她认不出那些车，但她看得出那些小车非常好看。而像她这样骑一辆自行车的人，在小区里她没看到第二个。

随后几天，她越发验证了自己的发现。一个楼道里住了十几户人家，除她之外，几乎家家有车库，有小车。她走出来，身边来来往往的，都是小车。这些小车开得飞快，倏地从她身边开过。有一回，一辆小车挨着她倏地开了过去，虽然没擦着她，但也吓得她从自行车上跌了下来。一个保安见她跌了下来，非但不同情，还跑过来说："喂，谁叫你在这儿骑自行车？"

她说："我住在这里，不在这儿骑自行车在哪儿骑？"

这个保安是第一天来上班的，保安说："这里也有骑自行车的人？"

她没理保安，黑着脸回家了。

回到家里，她仍黑着脸，丈夫见了，就说："怎么啦？"

她说："住在这里太压抑了，大家都有钱，就我们穷。"

过后，她不骑自行车了。

这以后，她每天上班下班或者说她每天进进出出都走路。丈夫看她走路辛苦，就说哪天给她买一辆电动车。但她不要，她说电动车跟自行车有什么两样，要买就买汽车。但这是不可能的，他们买房子欠了很多债，装修又欠了债，他们不可能买得起车。买不起车就得走，进进出出都走路。这一天正走着，一辆车停在她跟前。随即，车里一个男人跟她说："上我的车吧，我搭你一程。"

她觉得不熟，愣在那里。

男人又说："我就住你对门，我们是邻居。"

她就上了车，坐下后，她问男人说："你这是什么车呀？"

男人说："宝马。"

她说："要多少钱呢？"

男人说："不贵，我这是国产宝马，才五十多万。"

她吓了一跳，她说："五十多万还不贵？"

她说着时，一辆车从对面开来，男人当然看见了这辆车，男人说："我这车算什么，你看对面那辆车，开车的陈总住你楼上，他那辆车是奔驰600，一百多万。"

她吓得不敢作声了。

这天回家，她见到丈夫的第一句话就是："这地方不能住了，我们搬家吧！"

几天后，她真的搬走了。

被风吹走的快乐

他看见一个快乐的女孩，女孩看见一个人，笑着，又看见一个人，也笑着，再看见一个人，仍笑着。一句话，女孩看见所有的人，都面带笑容。那地方是公园，公园隔壁是一所大学。他估计，女孩是大学里的新生。他明白，只有刚刚踏进大学校门的人，才会这样满脸阳光，一脸灿烂。

他的估计没错，当女孩又一次微笑着走近他时，他问女孩是不是新来的大学生。女孩笑着点头，很肯定地回答了他。

公园和大学有一条路通着，这样，就有很多大学生喜欢到公园来。他几乎每天都到公园里锻炼，这样，他就有机会再见着女孩了，而且不是偶然见着，是经常见着。女孩见了他，还那样笑着。多见了几次，他和女孩就有些熟悉了。一次笑过后，他又问起女孩来，他说："小姑娘来自哪里？"

女孩说："江西。"

他说："江西哪里？"

女孩说："资溪乌石。"

他知道乌石这个地方，知道那是大山里。

他后来还问过女孩学的是什么专业。女孩回答说艺术设计。他听了，当即愣在那里。女孩来自贫困的山区，家里的经济状况肯定不会太好，这从女孩的衣着上看得出来。他这样想着，问起来，他问女孩家庭条件好不好？女孩说不好。他听了，为女孩担忧起来，他不知道女孩这几年靠什么去完成学业。但女孩好像没考虑过这些，他每次看见女孩，女孩都面带笑容，把快乐写在脸上。他有一次看着女孩，认真地想起来，他想一个来自贫困山区的女孩，她真的会快乐吗？有一次这样想着时，他问起女孩来。他说："看见你天天笑着，你真的快乐吗？"

女孩说："真的快乐。"

女孩没有骗他，女孩真的快乐。从很小起，女孩就快乐。女孩在山里砍柴、放牛、采山上的野果，除了读书，女孩每天都做着这些事。女孩做这些事时，总是快快乐乐的。到后来考取大学，女孩就更快乐了。但他却断定女孩不快乐，他认为女孩家里条件差，又来自贫穷的山区，跟城里女孩比，有很大的差距，跟城里条件好的女孩比，差距就更大。基于这样的分析，他认为女孩不快乐。得出这个结论后，他忽然同情起女孩来。再见着女孩，虽然女孩还笑着，但他却会在心里发出感叹来，他在心里跟自己说："多好的女孩啊，怎么会生在山里的穷人家呢？"

再来说说他，他是一个在事业上很成功的男人。他开了很多家公司，财产上千万，完完全全是个富翁。他是因为最近一段时间身体不大好才来公园锻炼的，也因此认识了女孩。从开始同情上女孩后，他就觉得应该帮帮女孩。这点他做得到，钱对他来说不是问题。这后来的一天，他跟女孩说："如果我跟你说，我想帮助你，你不会拒绝吧？"

女孩听是听明白了，但女孩不知如何作答，只愣在那里。

他继续说："多好的一个女孩呀，怎么就生在山里的穷人家呢，我估计你家里以后都没有经济能力让你完成学业，所以我想帮你。"

女孩还是不知怎样作答，但女孩心里已经很感动了。

毫无疑问，女孩遇到贵人了。不错，他随后就给了女孩好几千块钱。在以后的几个月里，他还给了女孩不少钱。不仅如此，他还多次带女孩去高档宾馆吃饭，给女孩买名牌衣服和时尚手机。他还带女孩去过他住的地方，那是一幢非常漂亮的别墅。女孩见了，当即惊叹起来，女孩说："哇噻，这样漂亮呀！"

这年寒假，女孩回家了。到家后女孩忽地觉得不对劲了，她觉得村里破破烂烂，家里也一样，房子乌黑，到处倒篱烂壁。再想想城里人家的别墅，女孩心就寒了，觉得自己的家太穷了。再看看父母，穿着满身补丁的衣服，一身泥巴，要多难看有多难看。

女孩皱起了眉头。

皱起的眉头是心里的结，女孩心里有了结，她不可能像从前一样快乐了。

女孩后来经常皱着眉头，心里有怨恨了，女孩怨恨自己出生在那样贫困的山区，出生在那样穷的人家。他也看见女孩经常皱眉，但他不明白女孩为什么皱眉。他仍一如既往地资助女孩，给女孩钱，给女孩买好东西。他认为女孩有了钱，就不会皱眉，就会快乐。

但这已经不可能了。

女孩第二年寒假回家时仍不快乐，其实这时他已经给了女孩很多钱，女孩有了钱，应该快乐，但女孩就是快乐不起来。女孩走在村里，看见满地的烂泥，满地的鸡屎狗粪，便皱起了眉头。女孩很想让自己快乐，让自己像从前一样快乐，想象以前自己在山脚下放牛，在山上砍柴、采野果，女孩觉得那时候才是真的快乐。女孩为了找回这样的快乐，有一天也上山了。但在山上才走几步，山上的蔷薇就把她身上价格不菲的衣服裤子挂烂了。

女孩的眉头又皱了起来。

女孩这天做了个梦，梦见她快乐地放着牛，快乐地在山上砍柴，快乐地采摘着山上的野果。但一阵寒风吹来，把女孩冷醒了。

女孩醒了后明白，快乐对她来说，已经是一个遥远的梦了。

品 牌 男 人

品牌男人是指那些只穿品牌衣服的男人。这类男人对穿着的衣服要求很高，天冷的季节，他们穿的是皮尔卡丹、金盾、梦特娇和苹果。不是那种一百块钱就能买一件的假冒货，是正宗的原装进口，价格不菲。天热的时候，他们穿耐克、阿迪达斯。从头到脚，一身的运动休闲。把这些衣服一穿，品牌男人便个个笔笔挺挺，帅帅气气，像模像样了。

品牌男人走出来，个个心情极好。他们时刻会想着穿在自己身上的是品牌衣服。这样时刻关心着自己的衣服，也会时刻关心别人穿在身上的衣服。看见迎面走来的人，也穿着自己一样的衣服，品牌男人便会看着对方笑一下。当然，这种笑在脸上极难察觉，只是嘴角动了一下，脸上的肌肉舒展了一下，这是一种在心里的笑。如果看见迎面走来的人穿在身上的衣服很一般，品牌男人便面无表情了。但品牌男人心里不会无动于衷，他们心里很看不起这些人，知道这是一些混得不怎么样的人。也有些人，比如干粗活的人，一身的泥浆，或者扛了水泥包的人，蓬头垢面的。这样的人迎面走来，品牌男人便很小心了。老远，品牌男人便看见他们了，品牌男人很小心地避开他们，生怕磕碰着他们。甚至，怕他们突然在身上拍打，弄得灰尘四起。为此，品牌男人多半会走开来，离得他们远远的。

品牌男人走出来，个个斯斯文文。他们走路的步子不会迈得很大，他们抬头挺胸，走得不紧不慢。品牌男人说话也不会粗声大气，他们说话的声音，不高不低，不快不慢，温文尔雅。品牌男人在外面办事，成功的概率很高，他们的一身衣服在帮他们说话，皮尔卡丹、金盾，这不是一般人能穿得起的。对方看出了他们的身价，也看出了他们的气度不凡。品牌男人希望所有的人都知道他穿的是品牌衣服，有熟人在街上碰见他们，熟人打量着品牌男人，然后突然说一句："你穿的是皮尔卡丹嘛。"或者说："你穿的是金盾呀。"品牌男人听了，心里美滋滋的。于是品牌男人对这个熟人格外客气，伸手在对方身上拍着，做亲热状。但不是每个人都识得皮尔卡丹、金盾、梦特娇，有人不认得，他们对品牌男人身上的品牌衣服视而不见，让品牌男人心里很不是滋味。他很想找机会告诉对方，说我身上穿的衣服是什么什么，但始终找不到机会，于是作罢，但心里，很是失落。品牌男人有时候也会跟人发生争执，有人动手动脚，伸手去拉品牌男人的衣服。这时候品牌男人便勃然大怒了，品牌男人会大声说你动手拉我的衣服，你知道我这是什么衣服吗？皮尔卡丹的，三千多一件，你拉坏了，赔得起吗？这话还真有奏效的时候，对方不敢动手了。甚至，对方从品牌男人的衣服上看出了品牌男人的身价，于是声音低下去，气短了几分。

当然，品牌男人走出来也不是一好百好。衣服太贵重了，便让人珍惜。人太多的地方，品牌男人不敢去，怕挤皱了衣服。品牌男人一般不坐公交车，车上人多不但会挤皱了衣服，车上甚至有小偷，会从什么角落伸一把小刀出来，割坏他们的衣服。品牌男人也怕下雨，遇到下雨，他们没带伞的话，就要在街边耐心等待。而另一些男人，他们是不在乎小雨的，他们没撑伞就从品牌男人跟前跑过去。地上有水被溅起来，品牌男人怕溅着，慌慌地退到商店里去。品牌男人走在河边，也会碰到有人落水的时候，品牌男人也要脱衣服，要下水救人。但忽然，品牌男人想到身上的衣服是皮尔卡丹的，是金盾的，怕衣服放在路边被人顺手牵羊。这样想着，品牌男人犹豫起来。这一犹豫，落水的人被别人救了起来，品牌男人立即把还没脱下的衣服穿好，然后和其他人一道，一起伸手把落水的人拉起来。品牌男人还看见一个小女孩把风筝挂在树上，不是太高，只要爬一爬树，就拿得到。但品牌男人爬不上去，品牌男人根本不敢抱着树爬，这样品牌男人的衣服就完了。品牌男人不敢爬，别的男人敢爬，别的男人三下两下就爬上去把风筝拿了下来。品牌男人站在边上，惭愧地低下了头。

品牌男人也有碰到强盗抢东西的时候。品牌男人和其他人一样，也去追，但品牌男人跑不快，那品牌衣服好像箍着他们。忽然，强盗拐了个弯，朝品牌男人跟前跑来。品牌男人这下该出手了，品牌男人一把拉着强盗。但强盗是个亡命之徒，他忽然当胸抓住品牌男人，还说"你找死吗？"说着，挥拳就打。正打在品牌男人的鼻子上，鼻血就流了出来，流在衣服上，裤子上。但品牌男人这时顾不了衣服了，他只拉着强盗不放。强盗要挣脱，死命推他，但怎么推，品牌男人还是不放手。这时候众人一拥而上，把强盗制服了。有人赞扬品牌男人，说他见义勇为。但品牌男人居然没听到，品牌男人这时候发现他的衣服面目全非了，皱皱巴巴的，还到处是血迹。品牌男人心痛了，觉得这身品牌衣服被毁了。

其实没毁，品牌男人把衣服拿到干洗店去洗。几天后再穿时，衣服干干净净了，一点痕迹也没有。品牌男人走出去，依然笔笔挺挺，帅帅气气，像模像样。

乡 村 老 人

　　行走在乡村，我看到最多的是老人。走过一个又一个村庄，看到的是一个又一个的老人。走过一块又一块田畈，看到的，还是一个又一个的老人。在乡村，我也看得到孩子，但那孩子是老人带着。孩子的父母打工去了，老人便充当着孩子的父母，一把屎一把尿地把孩子带大。乡村老人不仅要带孩子，还要种地，看到一块菜地青青翠翠，我知道那是老人种的。看到一块瓜地瓜熟蒂落，我知道那也是老人种的。芝麻开花了，禾苗抽穗了，甘蔗节节高了，南瓜让孩子抱不动了，这都是老人辛勤劳作的结果。这些老人，让乡村绿了，让乡村活了，也让乡村有了鸡鸣狗叫，是他们让乡村有了勃勃生机。

　　在城里也见得到这些老人，天还蒙蒙亮的时候，有老人挑着菜上街了。不管哪一条进城的路上，都看得到这些挑着菜筐的老人。筐里的菜并不多，几把韭菜、空心菜、小白菜或是几把大蒜、几把葱。筐里也可能是几根丝瓜、几只葫芦、几只苦瓜，反正什么菜都有。这一点点菜，不重，但老人仍然被压得步履蹒跚，路远，十几里或二十里，老人走一阵歇一阵，走了大半个早晨，才进了城。有一天，我看见一个很老很瘦的老太婆筐里只有十几个萝卜，我那天正要买萝卜，我问老人："萝卜几多钱一斤？"

　　老人说："三角。"

　　就那些萝卜，我全买了，总共也就四块多钱，我把钱给了老人，然后说："你到城里很远吧？"

　　老人说："十几里。"

我说："你进一趟城要几个小时，就卖这一点萝卜，不划算的。"

老人说："我也想多挑些萝卜来卖，但老了，挑不动。"

这个老人，我后来在乡下见到她，准确地说，是在老人的萝卜地里见到她。当然，开始的时候我只是在老人的地里拔了几个萝卜。一天我开了半天车，口渴了，恰好看见路边一块萝卜地，我停下车，拔了一个萝卜吃。我车上还有几个人，也一人拔了一个。地里的萝卜栽得很好，我们拔出的萝卜很大，我们其实吃不完这么大的萝卜，余下大半截，都被我们扔了。过了一天，我又经过那块萝卜地，就看见那个又老又瘦的老人了，显然，是老人种出了这一大片的萝卜。想到拔了老人那么多萝卜，我心里很有些惭愧，随后下了车，掏了五块钱递给老人。

老人也认出了我，看我给她钱，就说："又买萝卜呀？"

我说："不是，是那天我们拔了几个萝卜吃。"

老人说："是你们拔了我的萝卜呀！"

我难为情的样子，说："当时口很渴，看到地里的萝卜，就拔了，我给五块钱吧，算我买了那些萝卜。"

老人说："地里的东西，吃了就吃了，给什么钱呀。"

老人说过，不管我怎么把钱塞给她，她都不要，我只好作罢，然后看着老人说："这么大年纪了，怎么还在种地呀？"

老人说："现在的乡下就是我们老人种地了，比我们年轻一点的都出去打工了，再年轻的人，在家也不会种地，我们歇下来，这地就会荒了。"

我说："那就让它荒吧。"

老人说："看不惯呀，看见地荒了，我们心里也慌。"

我当然知道现在农村这种现象，行走在乡下，我真的只看见这些老人，没有这些老人，农村的土地恐怕真的都要荒了。

和老人说了一会儿话，我离开了，在离开之前，我趁老人不注意，把五块钱丢在老人脚下，拔了老人那么多萝卜，我真的很惭愧，我觉得无论如何要补偿老人。

这后来的一天，我开车往那儿过，又看见老人了。老人还认识我，一见我就喊着我说："终于看见你来了。"

我说："有事呀？"

老人说："你那天掉了五块钱在我地里。"

老人说着，在身上掏钱给我，边掏边说："这五块钱我一直放在身上，等你来拿。"

我说："这不是我的钱。"

老人说："怎么不是，我地里又不长钱，就是你那天掉的。"

说着，老人把钱塞给了我。

我一直喜欢在乡村行走或者说我一直喜欢在乡下玩。我现在明白了，这些可敬可爱的老人，就是我喜欢乡村的由来……

解　　释

　　早上上班时，他看见领导脸上擦伤了。擦伤的面积有一枚分币那么大，已经破了皮，有血从皮肤里渗出来。领导虽然对伤口作了处理，涂了碘酒，但依然可以看见血迹。而且，因为把碘酒涂在脸上，领导脸上这块伤口便更加显眼。这样显眼的伤口，他不可能看不见。他看见后，脱口就想问领导怎么把脸弄伤了。但话到嘴边，他又忍了回去。领导是位女同志，传说她们夫妻感情不好。他觉得自己这样贸然问一句，会让领导很难堪。

　　在他这样考虑的时候，领导从他跟前走了过去。

　　领导走开后，他也回到自己的办公室。但人虽然坐在办公室里，心却系在领导身上，或者说心里还想着领导脸上的伤口。对领导脸上的状况，他觉得不闻不问似乎也不妥。领导脸上有伤口，作为下属，也应该关心一下，问一问才对，不能视而不见。同时，他觉得领导虽然是领导，但作为一个女人，领导也是需要关心的。他记得有一次领导穿了一件新衣服来上班，他当时忙，没注意看。结果领导先开口问起他来，领导说："你觉得我这件衣服好看吗？"他这才注意到领导身上的衣服是新的，他忙说："好看。"领导说："你根本就没注意，只知道拣好话说。"从这以后，他也会注意起领导来，领导穿了件新衣服，他会及时发现并说上一些好话。如果碰上领导脸色不怎么好，他便会说些让领导注意休息，不要忙坏身体这些话。现在，领导脸上有了伤口，这是件大事，他觉得怎么也应该过问一下。这样想着，他起身了，要去领导办公室，去问候一下或者说关心一下领导。但走到领导办公室门口，他犹豫起来，他觉得还是不能过问。他明显看出领导脸上的伤口是被人打的，谁敢打领导，那只有她的丈夫了。如果是领导被丈夫打了，自己还过去揭领导的伤疤，那显然会引起领导的反感。

这样想着，他不敢进去了。

很快，他回到了自己的办公室。才坐下，一个同事进来了。这是个女同事。女同事神神秘秘地走了过来，然后小声跟他说："你看见了吗，领导脸上烂了一块。"

他没作声。

同事又说："听人说领导昨晚和丈夫吵架，她丈夫把她打成这样的。"

这回他开口了，他说："不要乱说。"

同事说："就是嘛，都这样说。"

同事说着，出去了。

同事出去了，办公室又是他一个人了。但他坐不住，他始终觉得自己对领导脸上的伤口不能不闻不问。还觉得自己作为领导的秘书，应该关心领导。可是，领导脸上的伤口是被她丈夫打的，刚才同事已经说得很明白了。这种情况下属去过问，确实不大好。这样想来想去，他去也不是，不去也不是。他只有在办公室里走来走去，来来回回。

这时候又一个同事走了进来，这同事几乎把刚才那位女同事的话重复了一遍，同事说："你看见了吗，领导脸上烂了一块。"

他没回声。

同事又说："听人说领导昨晚和丈夫吵架，她丈夫把她打成这样的。"

这回他口气严厉起来，他说："不要乱说。"

同事说："就是嘛，都这样说。"

同事说着也出去了。

这个同事出去后不久，电话响了。领导打过来的，他才把话筒放在耳边，就听到领导的声音，领导说："你过来一下。"

他赶忙走了过去。

领导看见他，直截了当地问起他来，领导说："你没发现我脸上破了一块吗？"

他不好怎么回答，说看见了不好，说没看见也不好。好在领导没追究，领导只问着他说："听没听到有什么议论？"

他立即否认，他说："没有，没听到大家说什么。"

领导说："真的吗？"

他说："真的，真没听到。"

领导说："不议论是不可能的，我脸上明显烂了一块，别人不想入非非才怪呢，你给我想想，看通过什么方式帮我解释一下，以免一些人胡说八道。"

他听了，有些感动了，觉得领导对自己太信任了，他连忙点头，说一定帮领导解释好。

走出领导办公室时，他便想好怎么做了。

他没回自己的办公室，而是骑了自行车往一家药店去。在这里，他买了一瓶碘酒，然后，用棉签在脸上涂了一块。

随后，他回到了单位。

同事很快看见他脸上涂了一块，于是问起他来，都说："你脸上怎么也烂了一块？"

他说："跟我们领导一样，骑自行车摔的。"

陌　　生

　　小禾在大学里读书，因家里穷，为了省点路费，他有两年没回家了。但第三年，也就是读大三时，小禾突然接到父亲打来的电话，父亲在电话里跟小禾说："家里装电话了。"

　　小禾很意外，说："家里怎么有钱装电话？"

　　父亲说："我办了一个养殖场，现在家里经济状况比以前好多了。"

　　此后，父亲便经常跟小禾打电话。每次，父亲都在电话跟小禾说："你回来呀，不要再省几个路费了。"不仅说，父亲还给小禾寄了好几千块钱路费。小禾有两年没回家了，他当然想回去。但他告诉父亲，他只能等放假才能回去。当然，父亲给小禾打电话还会说些别的。有一天，父亲就在电话里跟小禾说："你知道吗，我养殖场里十几头猪，最大的有一千多斤。"

　　小禾说："那养了多长时间呀，两年还是三年？"

　　父亲说："你读书读傻了吧，现在科学养猪，我们给猪吃催长素，一头猪哪有养两年和三年的，三个月就出栏。"

　　小禾又很意外，说："只养三个月就能长到一千多斤？"

　　父亲说："是呀，一头猪卖出去，好几千块钱哩。"

　　有一次，父亲还告诉小禾说："我们家的鸡也长得大，每只都有十多斤，最大的有二十多斤。"

　　小禾说："那好呀，下次回来杀一只给我吃。"

　　父亲说："你不能吃。"

小禾说："爸爸你怎么变小气了呀，一只鸡也舍不得让我吃。"

这以后不久就是国庆节了，国庆节有假，小禾便回家了。但到了家里，小禾并没看到父亲，也没看到母亲。小禾打电话一问，才知道父亲母亲跟旅行社到北京七日游去了。

小禾虽然没看到父亲母亲，但见到了外婆，还见到他父亲养殖场里那些猪和鸡。真像他父亲说的那样，那些猪真的很大，最大的确实有一千多斤。这么大的猪已经不能走了，只能躺在食槽边。那些鸡也大，大得走路都走不动，每走一步，都歪歪倒倒。小禾是乡下长大的，但他从来没看到过那么大的猪和鸡。小禾不知道父亲到底用了什么方法，把猪和鸡养得那么大。

这天下午，小禾杀了一只鸡。小禾在学校很久没吃鸡了，他很想吃鸡。小禾做这些还是蛮在行的，因为他毕竟是乡下长大的。把鸡烧好后，小禾当然盛给外婆吃，但外婆吃斋，老人家莫说吃鸡，就是小禾杀鸡时，她都不敢看。

小禾这次回来一直没见着父亲和母亲。后来，小禾就回学校去了。

这以后，小禾开始胖起来了，有一天一个同学就跟小禾说："小禾你胖了。"

小禾不相信自己胖了，说："不可能，我怎么会胖呢？"

又一天，也有一个同学说："小禾你胖了。"

小禾还是不相信，说："我没有理由胖呀！"

但不管小禾相信不相信，自己确实胖了。有一天，小禾所有的同学都跟小禾说："小禾，你怎么变得这么胖呀？"

现在，小禾不相信也不行了，他以前从不照镜子，但这次小禾去照了镜子。在镜子里，小禾就很吃惊了，他发现自己胖了很多。

小禾后来还在继续胖，几个月后，小禾胖得走路都很累了，他成了学校最胖的人。

这年寒假，小禾又回家了。这次还没进家门，他就看到了父亲，小禾很吃力地走到父亲跟前去，然后喊着说："爸爸，我回来了。"

父亲茫然的样子，父亲说："你是谁？"

小禾说："我是小禾呀。"

但父亲不信，父亲说："你是小禾，你怎么会是小禾呢，小禾会是你这种样子？"

说着，父亲走开了。

想去河边烤红薯

　　几个孩子去河边野餐，他们带了红薯来烤。这几个孩子是一个女孩两个男孩。河滩上有个现成的小坑，坑里还残留着炭灰。显然，别人在这里烤过红薯。那个女孩说就在这里吧。说着，他们放下手里的东西，然后四散开去，拔草的拔草，捡树枝的捡树枝。不一会儿，就拔了些草、捡了些树枝来。是冬天了，草枯黄了，放进坑里，一点火，就噼噼啪啪烧着了。在熊熊的火焰里，他们把红薯放了进去。

　　一个大人也在河边，这是一个男人，四十多岁的样子。几个孩子开始忙自己的，没注意到河边有没有人。火烧着了，他们就闲了一些，于是有时间到处看了。这一看，就看见一个大人也在河边。还是那个女孩先看到的，女孩说那里有个大人。其他两个孩子，也去看那个大人。随后，他们就发现那个大人站在水边一动不动，像根木头。而且，很久都这样。那个女孩不知道大人站那儿做什么，她跑了过去。跑到大人跟前，女孩喊了起来，女孩说："叔叔，你站在这里做什么呀？"

　　男人没回答女孩，仍一动不动。

　　女孩又说："叔叔，跟我们一起烤红薯吧！"

　　女孩说着时，两个男孩也过来了，他们一起说："叔叔，我们一起烤红薯吧！"

　　男人看了看几个孩子，动身了，慢吞吞跟了孩子去。女孩这时先跑起来，还跟男人说："叔叔，快点，火都熄了。"

的确，女孩跑到坑边一看，火真的快熄了，女孩赶忙拿了草往坑里放。很干的枯草，看起来有一堆，但不经烧，一会儿就烧光了。女孩又跑开来，去拔草，并让两个男孩也去拔草。几个孩子又四散开来，只有男人，呆在坑边。女孩见了，又喊起来，女孩说："叔叔，你帮我们添火。"

男人动起来，把草往坑里放。

几个孩子跑来跑去，但拔的草还是不够烧。女孩于是又喊起来，女孩说："叔叔，你也帮我们拔草吧！"

男人就跟孩子一道，拔起草来。

女孩后来就不停地喊着男人，女孩说："叔叔，这里草多，你到这里来拔。"又说："叔叔，这根树枝我折不断，你过来折。"男人很听话，女孩喊他去哪里，他就去哪里。但男人一直没说话，女孩后来发现了这个问题，女孩于是说："叔叔，你怎么一直没说话呀，你不高兴吗？"

男人说话了，男人说："你看出我不高兴吗？"

女孩说；"好像有点？"

慢慢就有了薯香了，女孩当然闻到了。这是个非常喜欢说话的女孩，她又问起男人来："叔叔，你闻到薯香吗？"

男人点点头，男人说："闻到了。"

女孩又说："叔叔以前烤过薯吗？"

男人说："烤过。"

几个孩子再不去拔草了，都围着坑边。两个男孩这时要做出勇敢的样子来，他们用树枝从火里把红薯拨出来，然后大着胆伸手从炭火里把薯抓出来。薯真的熟了，香喷喷的。女孩在男孩抓出薯后，先把一个给了男人。男人拿着，没吃。女孩见了，就说："叔叔吃呀！"

男人吃起来。

女孩真的喜欢说话，她又说："叔叔，好吃吗？"

男人说："好吃。"

女孩说："我们下星期天还来，叔叔你也来吧！"

男人说："好，我也来。"

说过，男人忽然流泪了。

女孩发现男人流泪，于是说："叔叔，你为什么流泪呀！"

男人揉了揉眼睛，说："没流泪，我没流泪。"

分手时，女孩又提醒男人说："叔叔，下个礼拜天一定来呀！"

男人点点头，又流泪了，但男人这时转了转身，没让几个孩子看见他流泪。

男人在孩子走后又来到水边。三个小时前，有几个人找到男人，宣布了对他的双规决定。男人随后以肚子痛为由，去了卫生间。接着，他跳窗逃走了。男人知道自己问题严重，他来到了河边，想跳河。但现在，男人不想跳了，他在河边站了一会儿，估计几个孩子走远了，才开了手机，告诉别人他在河边。

不一会儿，警笛呼啸着来了。

在随后几天里，男人把自己的问题全交代了。后来，纪检的人就问男人还有什么要说。这正是星期天，几个孩子真的在河边眼巴巴地等着男人。男人仿佛看到孩子在河边等他。他又眨一眨眼，流泪了，说："现在，我好想好想在河边烤红薯。"

这句话让纪检的人听得莫名其妙。

乡村医生

乡村医生走出来，一路上都有人跟他打招呼，一个说："李医生吃了吗？"

乡村医生说："吃了。"一个说："李医生去哪儿呢？"乡村医生说："在村里走走。"

一个说："李医生，我老婆吃了你的药，肚子不痛了。"乡村医生说："不痛就好。"

一个人牵着孩子，见了乡村医生，这人忙跟孩子说："叫大伯，快叫大伯。"又一个人，在孩子叫大伯时，提着一篮杨梅过来了，这人说："李医生，这是我刚从山上摘来的杨梅，这一篮送你。"乡村医生说："那谢谢了，我刚好要弄些杨梅浸酒。"说着话时，一个人又喊道："李医生，我刚酿了酒，你过来尝尝甜不甜？"

乡村医生就要过去，但这时一个更大的声音喊了起来："李医生，细华儿子病了，喊你看病。"

乡村医生听了，转身就走。

回到诊所，乡村医生看到几个大人和孩子。见乡村医生来了，一个说："李医生，我伢崽好像有点发烧。"一个说："李医生，我伢崽咳嗽。"

乡村医生说："不要紧，我给你们看看。"

在乡村医生给孩子看病时，有一行人要来看望他了。这一行人当中，一个是市卫生局的局长，一个是县里分管文教卫生的副县长，一个是县卫生局长，三个领导以及随同人员，共有七八个人。乡村医生所在的村十分偏僻，又不通车，一行人先开车到一个水库上，然后弃车坐船。坐了四十分钟船，他们下船了，在山路上走。走了好一会儿，他们见到一个人了，于是他们中的一个问道："去山陂村是不是往这儿走？"

回答："是，一直顺路走。"

又问："还有多远？"

回答："还有七里。"

这七里路，就让一行人走得气喘吁吁了，好在喘着气时，他们就看见有村庄了。又有人走来，他们中的一个又问道："前面是山陂村吗？"

山陂村偏僻，很少有这么多人来，被问的人忘了回答，只看着这一行人。一行人见那人不回答，又问着说："请问前面是山陂村吗？"

被问的人这回赶紧回答说："是。"说过，这人也问起一行人来，他说："你们是城里人吧？"

一个人说："是。"

这人又问："你们到我们村找谁呀？"

一个人说："市里的张局长、县里的王县长来看望你们村的李医生。"

这个人听了，忽然跑起来，往村里跑，边跑还边喊："李医生，县长来看你了。"

很快，一行人就见到乡村医生了。有人把局长和县长介绍给乡村医生，说这是局长，这是县长。这局长、县长都和蔼可亲，他们握着乡村医生的手说："你辛苦了！"

又说："你坚持在最基层的村级卫生所为村民看病治病，不容易呀！"

随后，一行人这里看看，那里看看。看过，他们就感叹起来，他们说："最基层的医生真是太苦了。"

又说："太艰难了。"

一行人是有备而来，他们给了乡村医生一个红包。村里很多人在乡村医生门口看着，看见红包，一个人就说："你看人家李医生多有本事，连县长都给他发红包。"

给了红包，一行人就告辞了，他们还要回到水库上去吃饭。乡村医生和村里一伙人送着他们，送到村口，才停住。一行人中有两个人，这两个人当然不是局长县长，他们只是随从。他们走了一会儿，又回头望了乡村医生一眼，然后一个说："听说这李医生是 1987 年抚州医专毕业的？"

一个说："是。"

一个说："这李医生算得上科班出身，怎么还在这样的穷乡僻壤混？"

一个两手一伸，意思是他怎么知道。

乡村医生和村里一伙人当然没听到，他们还在向一行人招手。

一行人走远了，不见了，村里一伙人才把眼睛看着乡村医生，都说："李医生，你真了不起，县长那么大的官都来看你。"

一个人，牵着孩子，这人把孩子拉到乡村医生跟前，然后说："你大了也努力，以后像李医生这样有出息！"

稻 草 人

　　二呆这几天很生气，生村长的气。二呆门口栽了一棵枣树，结很甜的枣子，前几天，村长打了半篮枣子，一声不吭就走了。昨天，村长也是一声不吭，在二呆承包的养鱼塘里捞了几条鱼。刚才，二呆的老婆告诉他，村长让会计来收了二百多块钱，每家每户都收。二呆听了，跟老婆说这完全是乱摊乱派嘛。二呆正要去地里，走在田间路上，看见有个稻草人，生气的二呆就找到发作的对象了。他捡起一块泥巴，狠狠地扔向稻草人，还说："村长你是个王八蛋。"不远，又有一个稻草人，二呆又捡起一块泥巴，扔向稻草人，也说："村长你是个王八蛋。"不远，还有一个稻草人，二呆再捡起一块泥巴，扔向稻草人。但这次，这个稻草人居然会说话，稻草人说："二呆，你干吗拿泥巴扔我？"

　　二呆很有些意外，忙说："你这个稻草人怎么会说话，你吓死我了。"

　　那个稻草人其实是村里的三歪，三歪仍说："二呆，你干吗扔我？"

　　二呆说："我心里有气。"

　　三歪说："你做什么又生气？"

　　二呆说："村长那王八蛋一声不吭打了我半篮枣子，还捞了我鱼塘里几条鱼，刚刚又让我们摊派了二百多块钱，真是气死人了。"

　　三歪歪着眼看了看二呆，三歪说："你生气又有什么用，我们又奈何不了村长，既然奈何不了他，还不如像我一样在地里做稻草人赶赶麻雀，免得地里的种子被麻雀吃了。"

　　二呆觉得三歪说得有理，不再生气了，只往自己地里去。

到了地里，二呆看见不时地有麻雀飞来，便不敢走了，也像三歪一样在地里站着，做起稻草人来。二呆头上戴一顶小斗笠，两只手里拿着一把稻草。二呆这样子，真像个稻草人了，有麻雀飞来，二呆便把手里的稻草挥一挥，把麻雀轰走。

不久，村长走来了。

二呆没看见村长，他背对着村长。而村长呢，也没走近二呆，他只是往这儿走过。在离二呆还有那么远的地方，村长看见了二呆地里的稻草人。村长觉得二呆的稻草人扎得很像，村长多看了几眼，还说："这个二呆不呆嘛，扎的稻草人蛮像回事。"

村长显然没看清地里站着的就是二呆，他说完，就去找二呆了，他要二呆也给他扎一个这样的稻草人。

但村长不可能找到二呆，二呆就在地里，他去哪里找呢。但村长找到了二呆的老婆，村长见了二呆的老婆，问他说："二呆呢？"

二呆老婆说："村长找二呆有什么事吗？"

村长说："二呆地里扎的稻草人倒蛮像回事，你让他去我地里帮我扎一个吧。"

二呆老婆点着头说："我这就去找他。"

说过，女人就去找二呆了。女人知道二呆去了地里，女人去了地里，就看见二呆了，女人看见二呆在地里站成稻草人一样，女人就说："你把自己站成稻草人了。"

二呆说："麻雀这么多，我就是在这里充当稻草人嘛。"

女人说："倒蛮像的，难怪村长把你当成了真的稻草人。"

二呆说："你看见村长了？"

女人说："看见了，他说你扎的稻草人很像，要你去他地里帮他扎一个。"

二呆说："我哪里会扎稻草人，我这不是把自己当成稻草人吗？"

女人说："但村长发了话，你敢不去？你不去他会生气的。"

二呆说："那怎么办？"

女人说："还怎么办，你去村长地里当稻草人，帮他赶麻雀。"

二呆说："看来只有这么办了。"

　　二呆说着，走动起来，往村长地里去。二呆一动就不是稻草人了，是二呆了。但很快，二呆走到村长地里了。到了村长地里，二呆又不动了。二呆不动，就把自己变成了稻草人。

　　没隔多久，村长来了。村长远远地看见地里站着一个稻草人，村长于是笑着跟自己说："这个二呆不呆嘛，扎的稻草人蛮像回事。"

王培静，中国作家协会会员、冰心儿童图书奖和冰心散文奖获得者。作品50多次在国内外获奖。主编有《2005中国军旅小小说年选》《与文学名家对话·中国当代获奖作家作品联展》等近百本图书。迄今在《小说选刊》《小说界》《解放军文艺》等报刊发表文学作品200余万字，有近百篇作品被《小说选刊》《作家文摘》《小小说选刊》等报刊选载；百余篇作品入选《中国新文学大系·微型小说卷》《我最喜欢的中国散文100篇》《中国小小说读本》《中国微型小说读本》等选本。作品被译成英、日等国外文字。作品《我有房子了》《长吻的魔力》《军礼》《编外女兵》等分别被入选安徽、广东、江西、浙江、江苏、山东等三十多所中高中的高考模拟试卷和课外阅读试题。出版有小说集《秋天记忆》《怎能不想你》《王培静微型小说选》《向往美好》《王培静小小说选》，纪实文学《路上》等15部。

王培静卷

母 爱 醉 心

父亲走了二十多年了，母亲的身体却硬硬朗朗的。这是曾子凡心里最欣慰的事。前些年，子凡每次接母亲来北京小住，待不上一个月，她就闹着要回家，说："你们这儿住在高楼里，接不上地气，说话也没人能说到一块去。再待下去就把我待出病来了。要是孝顺，就送我回家吧。"这些年，母亲岁数大了，出门不方便了。所以自从副师职的岗位上退下来后，他就经常回去一趟看看母亲。

早晨一起床，他对老伴说："我要回家，老娘想我了。"

老伴说："那叫谁陪你回？"

"不需要，我自己回就行。"

"你以为你还年轻，七十多岁的人了。"

老伴不放心他，就叫孙女雪菲请假陪他回家。

爷孙俩下了火车，打的向一百多公里外的山里驶去。路上，孙女雪菲说："爷爷，你这是今年第三次回家了吧。"

"是啊，想你太奶奶了。"

"太奶奶也真是的，不会享福，去咱家待着多好，非要回乡下住。"

"你不理解，乡下空气好，人气浓，她能活得舒坦。"

车子一进山，曾子凡问司机："师傅，能打开窗户吗？"

"可以。"

打开窗户，曾子凡深深吸了一口气。他心里想，这是真正的家乡的空气，这种熟悉的味道一下子灌满了他的五脏六腑。

车快到村子时，他对孙女说："菲菲，知道吗？当年我就是从这条小路走出大山的。这东山，小时候我去上边逮过蝎子，来这小河边割过草……"

一进家门，他站住了。母亲端坐在院子里，很安详的样子。

曾子凡轻轻喊了一声："娘。"生怕吓着母亲似的，声音又绵又柔。见母亲没有反应，他的眼睛湿润了。

他紧走几步，在母亲面前，轻轻地跪下了。母亲转过脸，昏花的双眼中有亮光闪过，继而脸上露出一丝宽慰的笑容。他把几乎已是满头白发的脑袋深深埋在母亲怀里，母亲用那双布满青筋的手把他揽在怀里，轻轻地拍着。许久许久，母子俩就这样抱着。当母亲捧起他的脸时，他早已是泪流满面。

站在一边的雪菲看到眼前这一幕，眼睛里也盈满了泪水。

深夜了，娘儿俩还在陈谷子烂芝麻地聊着，雪菲早已进入了梦乡。

"娘，您也睡吧，咱们明天再聊。"

"行，你也累了，早点歇着吧。"

躺下了许久，母亲也早已经熄了灯，他却怎么也睡不着。

突然，屋内有一丝亮光闪过。母亲轻手轻脚地来到他的床前，里里外外给他掖了被角，然后用手电照着别的地方，在手电的余光中端详着他，久久地。

他的眼角有两行泪水悄然流下。他装着熟睡的样子，没有去擦眼睛。他心里想，母亲这辈子太苦了，而我太幸福了，这样的岁数，还能享受到母爱。在母亲心中，不管你多大了，永远还是个孩子。

他脑子里过起了电影：自己这一生的酸甜苦辣，沟沟坎坎。

第二天早上，雪菲起来，看爷爷睡得那么香甜，脸上还带着笑意。心里想，这老顽童，不知又做什么好梦了。

当家人忙完早饭，太奶奶让雪菲喊他吃饭时，他再也没有醒来。

母爱，使他醉过去了。

友 情 依 旧

屋漏偏逢连阴雨。

水满仓此刻躺在自己果园的小屋里想心事。他再也不想起来。媳妇死了有两个月了，给他扔下两个孩子。前天赶上冰雹，他的三亩果园里像杏那么大的苹果几乎被砸光了。今年还指望什么？今后的日子可怎么过？女儿上初中交这钱那钱，小儿子上六年级吃饭顶个大人的饭量。给孩子他娘办丧事借的钱还没还。哪里还有钱买化肥、浇地？自从娘死后，两个孩子懂事多了，但话语也少了。姑娘有时自己缝衣服，天天放学回来学着做饭。儿子放学去割猪草，学校里快打铃了才回来。

满仓努力爬起来，环顾小屋，突然眼光定格在墙上的一个很旧的军用水壶上。

他心里想：就试试吧。

这一天，他收到一笔 416 元的汇款。寄款人写的是"你的战友"。随后他又收到部队上的一封来信。信上是这样写的：

水满仓战友：

你好！

你的来信我们收到了。虽然你当时的战友都不在部队上了，但还有我们这些新战友。看了你的信后我们深表同情，寄上这点钱以解燃眉之急。希望你鼓起生活的勇气，做生活的强者。盼望听到你发家致富的好消息。

另，两个孩子上学的费用我们全连包了。

此致

军礼！

你的战友：七十五人具名

　　秋天的某一天，某连队收到了七十五个邮包。打开一看，每个木盒里装着一个又大又圆的红苹果。

相见时难别亦难

这天，一个满头白发的老太太正站在自家那破旧不堪的土屋前发呆，小孙子在她跟前跑来跑去，她穿着洗得有些褪了色的粗布衣裤，头上戴着一块当地妇女惯用的蓝围巾。这时，村主任领了几个外乡人走过来，村主任用土门当地的话和她说："他们是北京电视台的，想找你了解点事。"她唤了一声孩子，不冷不热地把人让进屋。

"大娘，你叫什么名字？"电视台的一个女记者问。

"人家问你叫什么名字？"村主任用当地的土话翻译了一遍。

她的脑子好像一下子短路了，停了片刻，又停了片刻，这么多年很少有人提到她的名字，她自己也有些想不起来了。她努力从记忆里去搜寻自己叫什么。见她还没有回答，村主任着急地说："你不是叫华子玉吗？"

经村主任这一提醒，她突然想到自己是应该叫华子玉似的，朝着大家尴尬地一笑，重重地点了下头。

女记者说："大娘，您还记得小时候的事吗？您好好想一想，小时候是不是有人叫你英儿啊？您记得您老家是哪儿吗？您今年多大岁数？"

村主任成了她们之间对话的翻译。

老大娘想了一会儿，用当地土话问村主任："他们问这些干什么？"

村主任说："他们是北京电视台的，他们在采访中发现一个线索，一个八十多岁的女红军战士，让他们帮助寻找在长征路上失散的侄女，她叫李小英，今年应是七十岁了。"

"大娘，听说您也是陕西汉中人，您看看这几张照片，对这个人有没有什么印象？"

望着眼前相片上这个身穿红军服装的年轻女兵，思绪把这个农村的老年妇女拉回到了1935年4月的一天：太阳快要落下西山的时候，在四川土门的一个小村子里的破庙前，一小股大多由妇女组成的部队停了下来。领头的一问，这庙里能住，决定晚上就宿营在这里。一个四岁的小姑娘从一个小女兵的肩头滑落下来，小女兵一屁股坐在地上，再没有一丝力气抬手擦一把脸上的汗水。小姑娘得有脱肛病，脱出的肠子发炎、流血、流脓。才开始有二叔、三叔轮换背着她，后来他们和爸爸一起编入作战部队，提前向西开进了。妈妈和二婶先后染上了伤寒病，才开始躺在民工抬的担架上，慢慢就掉队了。三婶在战斗中牺牲了。一路上背背走走，照顾她的担子，全落在了十六岁的小女兵身上。

晚上上级通知，明天部队要西进，过茂县、理番后，马上就进入草地了。吃了几口晚饭，小女兵哄她说："英子，我领你去找个能吃饱饭的地方。"小女兵领她到街上去，看到一个小茶铺开着门，走进去对一个看门的老婆婆说："把这个小姑娘送给您吧。"才开始人家看是个病孩子，不肯要。小女兵求人家说："老婆婆，求求您了，你发发善心，给孩子吃两顿饱饭，我找到大人就回来接她走。"好不容易才说动了老婆婆勉强收下了她。

半夜里小女孩哭着爬回了庙里，她找到小女兵说："小姑，你别扔下我，我今后再也不喊饿了，我自己走，一步也不让你背了……"小女兵和小女孩搂在一起抱头痛哭。但最后小女孩还是被小女兵送了回去……

老大娘一边看着照片一边回忆起了过去，她以为这一辈子再也回不了故乡，再也见不到一个亲人了。老大娘抽搐着、哽咽着说："这是我小姑，她还活着吗？"

不久后，在北京的一所普通干休所里，当年的小女兵和小女孩见面了，一对失散了六十多年的亲人终于相见了。这一刻真是悲喜交加，她们全家有六个人牺牲在了长征路上。

爱吃饺子的那个人去了

火情就是命令。

早五点多，中队接到华新大厦着火的报告，警铃声急促地响起。在临时来队家属房休息的牡华一骨碌爬了起来，看了躺在身边的妻子秀一眼，他把动作放轻了许多。妻子趁暑假带儿子来部队看他。娘儿俩刚来三天，他本答应趁今天是星期天，带她俩去公园玩的。说话间，牡华已经穿戴整齐，提上鞋就想向外跑。妻子秀睁着睡眼蒙眬的眼睛问："华，怎么了，出事了？"牡华转回身，一边笑着说："有火情，我是副队长，不去不行，"一边上来拍了下秀的脸蛋接着说，"不好意思，把你吵醒了，天还早着呢，你再睡会儿吧，门我带上就行了……"

一上午，秀都觉得心里慌慌的。牡华不在家，不能出去玩了，她就动手整馅儿准备包饺子，这是牡华最爱吃的。有一次牡华探家，正好赶上春节，她看着牡华吃水饺时的那个馋劲儿说："看你这个吃相，像几天没吃上饭似的。"牡华嘴里含着没来得及下咽的饺子说："在南方，一年也吃不上一次这么正宗的饺子，老婆做的饺子就是香，就是好吃，一辈子也吃不够。"她说："等能在一起了，我天天给你包饺子吃，撑死你。"想到这里，秀的脸上露出一丝笑容。

秀就这样一边想着心事一边切菜弄馅儿，不小心被刀划破了手。

包了包手，她继续干活儿，包着饺子，她时不时地抬头看一下表。

十一点半，牡华没有回来。

十二点，还没有回来。

十二点半，她有些坐卧不安了。她抱上两岁的儿子来到营房。刚进入营区，就看到消防车鸣着警笛进进出出，秀心想，这火着得可够大的，现在还有消防车出去，肯定火还没有扑灭。看到有些军人脸像包公，三三两两站在一起议论着什么，她抱着儿子突然转脸开始向回走。丈夫是领导，火没扑灭肯定不会回来的。要去问他怎么还没回来，官兵们还不笑话？有时一年都见不上一次面，这一上午没见，就来找了。他回来还不训我？最起码会说我没出息。先回去把水烧开，等他一进门，饺子立即下锅。早晨又没吃早饭，干多半天活儿，他一定饿坏了。

回到临时家属房，儿子哭闹个不停，她打开小收音机哄儿子，原想找找看有没有儿歌什么的。儿子不愿意，伸手拿过收音机，自己玩着。儿子玩着玩着，拨出了一个台，儿子高兴地抬头看妈妈。这时收音机里传出了这样一段话：各位听众，我现在是在本市华新大厦着火现场向大家做现场报道，今天早晨发现的大火，在消防官兵的努力下，大楼内八十多名工作人员都安全撤离了现场，无一人伤亡。救火过程接近尾声的时候，不幸的事情发生了，大厦楼体突然倒塌，有十几名消防官兵被埋在了下面，有关部门正全力营救……听到这儿，秀软软地瘫在了地上。

没多久，门口进来了几个人，他们把秀扶起来，其中有个女同志坐在了她身边。领头的人说："玉秀同志，我是政治处主任刘项，着火现场发生的事情你是不是已经知道了一些？今天上午十一点十分，大火快扑灭时，突然发生了大楼倒塌事件，包括你家老牡在内的十五名官兵被埋在了里边，各方面正在全力寻找、抢救他们，请你看好孩子，自己也要多保重。一有牡华同志的消息，我会马上通知你。这位是政治处的沈干事，她留下来陪陪你。"秀看了一眼桌子上那些等着丈夫回来煮的饺子，又扭头看着正在说话的刘主任说："主任，您给我说实话，我们家牡华是不是已经……"刘主任动情地说："玉秀同志，请你相信组织，牡华同志现在还没有找到，一有消息，我们会及时和你联系的。但大厦只倒塌了一半，现场很危险，这给营救工作带来了一定的难度，但我们会尽全力抢救我们的战友，所以还是请你在家等消息吧。"

下午没有消息……

傍晚没有消息……

半夜没有消息……

秀越来越感到恐慌、害怕……

第二天，从收音机里报道的找到的牺牲官兵名单中还是没有丈夫的名字，她心里既感到紧张又怀有一线希望。她想，只要丈夫活着回来，第一顿饭一定要让他吃上自己亲手包的饺子。

第三天，终于传来了找到丈夫遗体的消息。她眼前一黑，晕了过去。

战友们从牡华的身边发现了他戴的安全帽，里边用白粉写满了字：秀，假若我不能活着出去，今后的路还长，你一定要再走一步……秀，我现在感觉，一是喘不上气来，二是太饿，多想吃上一碗你包的饺子……

拾荒人的梦想

我来城里快十年了。

十年前，我从部队上退伍回到了大山里的家。参军走那会，我是村里的民办教师，从父亲手里接过教鞭时，我没想过还要离开讲台。小青在幼儿园工作，我们两个人彼此都有好感，但我知道自己家里穷，人家小青父亲又是村主任，自己配不上小青。没想到入伍季节到来时，村主任动员我去部队上锻炼锻炼。参军走的前三天，小青家托妇女主任来做媒，我和小青订了婚。

原定春节前我和小青结婚的。晚上，我提着礼物，怀着忐忑不安的心情敲响了村主任——我未来岳丈一家的门，出来开门的是主任媳妇，我喊了声"大娘"，对方只用鼻子哼了一声，算是回答。进了屋，没见小青露面，我把手里的东西放下，手不知放哪儿好。我勉强笑了笑问："我大爷没在家？"

"他有事出去了。"

"小青也没在家？"

"她去县城她二姨家了。"停了片刻，又停了片刻，小青娘接着说："祥春，你聪明能干，又有文化，将来肯定能找到个比小青更好的，俺们家小青她……"

"小青她怎么了，是出什么事了？"我着急地问。

"我就和你明说吧，都是我们家小青不好，她在她二姨家住了一段时间，没想到和城里的一个小青年好上了，那小青年他爸是个局长。那小青年死活追她，生米已煮成熟饭了，我们也没办法。你看这事怎么办吧？"小青娘一副死猪不怕开水烫的做派。

我不知自己怎么离开小青家的。

我觉得村人看自己的目光都有些异样，好像倒是我做了什么见不得人的事。我原想，自己回来还能去当民办教师，像父亲一样，当一辈子民办教师也不后悔，可一打听，学校里根本没有自己的位置。一个寒意逼人的早晨，我狠狠心，看了小村一眼，逃离了家乡那个地方。

这是祥春给我讲的他自己的故事。

由于我最近正在写一部关于拾荒人的纪实文学，一个偶然的机会认识了祥春，也许都曾当过兵的缘故，我们聊得很投机。后来我知道他找了个青岛姑娘做老婆，而且长得很漂亮。儿子现在也已经三岁了。

这天是星期六，他打我手机，说要请我喝酒。我说："喝酒可以，我请你吧。"

在太平路路口一个小酒馆里，我们俩喝了一瓶二锅头，又喝了些啤酒，我们俩都有些醉了。他说："王大哥，你知道吗？我过去的那个对象小青，并没有像她妈说的被一个什么局长家的儿子看上了，实际上他们是看我退伍了，没多大出息，不想让女儿嫁给我，所以才编了那样的瞎话骗我。后来小青嫁给了镇上一个杀猪的。我不把你当外人，我告诉你一个我个人的秘密，在这之前我谁都没给说过，你一定得答应要给我保密。"我说："你要信不过我就别说。"他红着脸说："将来，我一定要干一件轰轰烈烈的事情。我心里一直有个理想，等我攒够了钱，一定回家乡的镇上去建一所希望小学，要建最好的设施，请最多的老师，我现在已积攒了十五万元的现金。将来成立了自己的废品回收公司，教师员工的工资都由我来出。我说的是真心话，大哥，你不会笑话我吧？"看着他一脸的真诚和满眼泪光，我突然一下子被感动了，我说："到你的希望小学剪彩那天，我一定去给你捧场。"他说："一言为定。"我说："一言为定。"我们两个男子汉相拥而涕。别的吃饭的人和小饭馆的工作人员都莫名其妙地看着我俩。

人人心里都有梦想，这就是一个拾荒朋友的梦想。望着面前的祥春，我还想到：芸芸众生中，有的人穿着体面干净，心里却很肮脏；有的人穿的脏点旧点，他的心灵却干净透明，像我的这位祥春朋友。

离　　别

　　服役五年，我就要退伍了。我食无味、夜难眠，我难离的军营，我难别的战友，我更难舍弃的是您——郝调度。

　　曾记得三年前的一个晚上，都十一点了，为送母亲走，我去找您。

　　"郝调度，我刚从车站给母亲买票回来，今天晚上一点半的火车，您看能不能……"

　　"哦，你等我请示一下。"

　　当您迟疑地放下电话时，我知道想用车送一下母亲的希望没有了。

　　"走，我给借自行车去。"

　　当您带着我母亲、我带着包上路的时候，我心中想，多好的大哥啊。

　　当我们紧蹬慢蹬走到明港街时，我说："可能来不及了，手表上的时针已指向十二点半，到车站还有近二十里的路程。"

　　"下车，咱们在这儿截个车吧。"

　　一辆、两辆……您站在路旁，抹去额上的汗珠，摆手示意。但没有一辆车停。最后总算截到一辆军车，当我扶母亲上车时，您说："不要着急，你送母亲走吧，我在这儿等你。"

　　当我送母亲上车后小跑回来时，在旁边的一个民警值班室里找到了您。

　　"知道刚才那是谁的车吗？"民警问。

　　"不知道。"您回答。

　　"军区王司令员的车。"

"啊？"当时您和我都惊呆了。"给，这是你的士兵证。"

望着您蹬车的背影，我眼中盈满了泪水。

当我们赶回营地，已是凌晨三点多。

一个军报的通讯员要写写您这个普普通通的专业军士，领导不让写，但调度室的细则中多了一条新规定：凡父母来队没公共汽车后，可以派车接送。

郝调度，让我带走您坟上的一把土吧。我会一辈子想着您的。

月光透过树枝间的空隙洒在地上，洒在您的坟上，洒在写着"舍己救人的英雄战士郝为民烈士之墓"的墓碑上。

吃了一头牛

郝老汉被儿子从农村接到城里来，望着自己的得意之作——儿子，他心里满足极了。儿子提团级干部了，跟县长一个级别。在四邻八乡，谁不知道郝家湾出了个大军官。儿子可真是光宗耀祖了。

"爹，这是我的朋友牛助理，他说今天晚上请你吃饭，咱们全家都去。"

"不上别人家去吃，怪麻烦的。"

"大伯，不上家去吃，咱到外边吃。"

"下饭馆？我不去。"郝老汉用手背抹了一下鼻子。好说歹说把老头劝上了车。出门前，郝老汉被儿媳逼着换上了一件刚买的中山装。望着街两旁五光十色的彩灯，郝老汉心里想，这得浪费多少电。

到了皇苑酒店，下车后，坐电梯上楼。进电梯后，老汉问："进这里边，怎么走？"

孙女小丽笑着说："爷爷，它自己会走。"大家也都笑了，但没一个人笑出声。

说话间，门开了，大家下来，径直往厅里走。郝老汉抬脚迈步进不去，又换了一只脚，还是不行，正莫名其妙时，孙女跑回来，对他说："爷爷，这是镜子。"

进了雅间，落座后，牛助理问老人家爱吃什么？老人家说："吃什么都行。"牛助理又转头问小丽，小丽说："我吃基围虾。"

牛助理点菜，席间上了一个芋头扣肉，郝老汉笑问："城里人也吃芋头？"然后又接着说："这个芋头菜多少钱？"儿子说："五十。"老汉举在空中的筷子停然住了："就这点芋头、这点肉，五十块钱？"

因屋里暖气热，大家都把外衣脱了。郝老汉没脱，中山装里边是棉袄，棉袄里边是皮肤。吃到中间，老汉热得没办法，把棉袄扣解开了，儿子抬头看了下妻子。郝老汉又问："这一桌菜得多少钱？"

"不多，也就一千多吧。"

"一千多，顶头牛钱。"说着放下了筷子。任凭大家怎么劝，他一口也不吃了。

截　车

　　正是深秋，鲁西南的山区，天已有些凉意。在一条乡间土路上，一位老太太挎着个竹篮子，有些费力地向前挪动着。她不时向后看看，脸上显出些焦急的神色。过来一辆拖拉机，她举手拦车。开拖拉机的装作没看见，开过去了。她继续行走着，不时把手里的篮子换到另一边去挎一会儿。她听到动静，又站在路旁拦一辆小三轮，等小三轮快靠近她了，速度似乎慢了些，她有些高兴。但车到跟前，司机又加油门窜出去了。老太太失望地摇了摇头。又走了一段，她觉得实在太累了，就坐在路边歇歇。望着西山快落下去的太阳，她的脸上布满愁容。

　　又站起来赶路。

　　后边又有车的动静，这次她索性站到路中间去。声音越来越近了，是辆小卧车，她犹豫了一下，想躲开，却抬不动脚。车到跟前，使劲儿鸣喇叭。她没有躲开，就一直站在那儿。司机以为是告状的，从车窗探出头说："告状，去法院。"

　　"我不是告状，我要去永河镇医院。"

　　坐在车后座上的人示意司机停了车，从车上走下一位戴眼镜的年轻人。

　　"大娘，你要干什么？"

　　"求求你们，让我搭个车吧，我儿媳住院坐月子，我去服侍她。我儿子在新疆当兵，回不来。"

　　"对不起，我们这是……"

　　从后车窗探出一张官样的脸。他对"眼镜"说："让她上车吧。"

　　老太太不会开车门，"眼镜"帮开了。上了车，车子又动了起来。

"眼镜"问老太太："你知道这是谁的车吗？"老太太摇头说："不知道。"

"这位是县民政局张局长，一般人谁敢拦这辆车。"

"刘秘书，别这样说。"他转过头问老太太："老嫂子，你是去永河镇医院？你儿媳生孩子，儿子在外当兵回不来？"

老太太点头说："是啊。"

张局长笑着说："老人家，您受累了，这五十元钱您拿着，算我给您孙子或孙女的见面礼。"

"这可使不得，光让我坐车就感恩不尽了。"

"老嫂子，别客气，你要不拿着，我可要生气了。"

老太太望着张局长，不知如何是好。她怕这官真的不让坐车了。再一想，他让坐车，还给钱，这是什么事？她一时弄不明白。

坐在司机边的"眼镜"也改变了态度，回头笑着说："大娘，您就收下吧，我们局长也当过兵。"

钥匙的故事

栓柱当过四年兵，退伍后回到家乡修地球，那时农村刚实行包产到户不久，地分到自己的手里，想什么时候去侍弄就什么时候去侍弄，比过去挣工分时自由多了。但过日子得买油盐酱醋，家里没个活还是不行。

栓柱跑了一趟县城，后来又去了一趟省城。他用退伍的二百多元钱买回来一套手工配钥匙的工具，往后的日子里，每到集日，他就去杨河镇上摆摊儿配钥匙，这生意是杨河集上的独一份儿，他的价格公道，服务态度又好，所以一年四季他都有钱挣。村人们说，还是人家栓柱出去当过兵，见过世面，有眼光，咱们谁能想到这挣钱的来路。

栓柱的媳妇叫月琴，是山东边李家沟的，上过高中不说，长得还特别的俊。她爹本打算在县城给她找个工人什么的，没想到月琴的二姨来提亲，说是他们村有个小伙子，当兵三年回来探家，说在部队上当了两年兵就当上了什么上士，腰里挂了两大串儿钥匙，说全连队的东西都归他管，你说当两年兵，部队上就那么器重他，说不定将来能提个干部呢。月琴的爹娘被说动了心，定下赶集上先偷偷看看人长得什么样。集上一看，栓柱腰上的那两串儿有白有黄的钥匙果真把月琴爹娘的眼睛晃晕了，月琴见栓柱穿着绿军装、带着红领章帽徽的样子很精神，也点头表示认可。

月琴的二姨两头一说，都乐意得没办法。见面那天，栓柱问月琴："你可想好了，我只是个穷当兵的，说不定明年就退伍了。"月琴说："你在部队干得那么好，说不定将来在部队上提了干，不愿要我了呢。"订了婚，他俩去了一趟县城，栓柱领月琴看了场电影，电影名字叫《冰山上的来客》，看电影时，月琴用手掐了掐栓柱腰上的两串儿钥匙，她想她的幸福都寄托在这两串儿钥匙上了。栓柱就势把月琴掐钥匙的小手拿过去，包在自己的一双大手里，他悄声说："你长得这么漂亮，跟我一个穷大兵，你不觉得亏？"月琴娇声说："我愿意。"

半年的时间，他俩通了二十多封信。二姨写信说女方父母提出要结婚，说如他愿意，女方开介绍信来部队这边办。他们在部队的临时来队家属房里结了婚。

年底栓柱退了伍。月琴已有好几个月的身孕，月琴父母见栓柱退伍了，心里觉得不舒服，不知道该恨自己目光短浅，还是该恨现在仍挂在栓柱腰上的那两串儿钥匙。

现在栓柱他们的儿子已经九岁，他从外地引进技术，在杨河镇上建起了一个钥匙坯厂，他是厂长，月琴在厂里管财务，厂里的固定资产已有四十万。这天晚上躺下后，月琴温存地说："柱子，你知道当初我父母为什么愿意把我许配给你？"

栓柱笑着说："看我们家好呗。"

月琴嗔怪道："当时你家有什么？那么穷，实话告诉你吧，当时是看上了你腰里的那两串儿钥匙，以为你在部队多受重用，那么多库房都交你管，将来肯定会有个好前途，没想到……"

栓柱说："实话说，我腰上的那些钥匙，大部分是从每年的退伍兵们那儿捡来的，我不知怎么从小就喜欢钥匙。敢情你是我用那两串儿钥匙骗来的，再说了，知道你父母也喜欢钥匙，我才搞钥匙坯厂的，这叫不是一家人不进一家门。"月琴笑着扭脸捶了栓柱一下说："去你的吧。"

生命的延续

在鲁西南平阴一个叫王山头的山坡上，有一座无名烈士纪念碑，碑前是一片郁郁葱葱的蒜苗。每年的清明节，村里的学生们会集体来给烈士们扫墓，冬天，也会有好心的村民挑来熟土把蒜苗盖上，年复一年。这片蒜苗长得出奇的旺盛。但无论蒜苗长得再好，蒜头长得再大，也没有一个人去动一根蒜苗一头蒜。

听村里的老人讲，抗日战争时期，这里发生过一场恶战。县武工大队的一个中队，连领导带战士共有四十多人，被小日本的一个团包围在了东山的树林里。我们的人几次趁夜色突围均告失败，每次都有人员伤亡。他们坚持了五天四夜，饿了吃树叶，渴了喝自己的尿。小日本在包围圈上架上了机枪和探照灯，日夜不停地喊话，让我们的人投降。最后带队的领导作出决断：我们不能等死，和敌人拼了，冲出去一个算一个。他们一起摸到一个离敌人包围圈最近的地方，一声"开始"，大家一起向一个点的敌人扫射，敌人的火力很快压了过来。一时间，枪炮声、爆炸声此起彼伏。后来我方没了一点动静，弹药全用完了，全部人员都牺牲了。

当时听到山谷里传来的或刺耳或沉默的枪炮声，村里的人的心都揪了起来。当天夜里电闪雷鸣，大雨倾盆，老天爷为日寇的暴行也发怒了。

第二年春天，有人在很少有人去的山谷的一块空地上发现了那片蒜苗。人们后来推断，县武工大队的人牺牲后，被山洪掩埋在了地下。当时为了防止日本的细菌战和行军时吃的东西不干净拉肚子，我方人员每个人的兜里都装有两头生大蒜。

那么多强劲的生命就这样消失了。

他们心不甘哪，那些蒜苗是他们生命的延续。

突然有一天，村里来了一辆军车。司机问路后，直接去了无名烈士纪念碑前的那块蒜地，从车里走下来了一位白发苍苍的老人。老人望了一眼蒜地，扶着墓碑轻轻地跪了下去。

"王政委，还记得我吗？我是您的警卫员石小粮啊！

"政委、长路，我来看你们了。对不起啊，是你俩又给了我一条命，我是从你两个身子底下爬出来的啊。我现在才想起来看你们，我混蛋，我忘本啊。

"战友们，我想你们啊。"老人已是老泪纵横。

一个个山谷像传令似的回响着："想你们啊，想你们啊……"

鱼翅的滋味

秋收后，米多到内蒙古部队上看儿子，回来时想在北京落落脚。在火车站他随着人流来到站外广场，看着眼前这么多人、这么多车，不知道自己该向哪儿走。他定了定神，突然想起什么，忙从内衣兜里掏出一张皱巴巴的纸，上面是村里多年前考上大学后又留在了北京工作的米跃的电话，现在他的爹娘、弟弟都随他到北京来了，听说他现在当上了什么经理，电话是他出来时从在县上给县长开小车的本家侄子米东那里找来的。米东经常跟县长来北京，就连县长来了也找米跃，说是他给县里办过不少事。这乡里乡亲的，找他他总不能说不认识吧，按村里辈分他还得叫我叔呢。

找了好大一阵子才找到一个交钱就能打的公共电话，电话打通后，他问："你是米跃同志吗？"

对方冷冷地问他："你是谁？你怎么知道我的名字？"

"我是和你一个村的米多叔，我去内蒙古看你米华弟，路过北京在这儿落落脚。"

"噢，你是米多叔，我是你侄子米跃，你现在在哪里？我去接你。"电话里的声音一下子变得亲切起来。

坐在小车里，米跃问了些村里的人和事，笑着说："米多叔，咱先去吃饭，然后再回家。"

"咱爷儿俩下馆子，我请客。"米多心想，米跃这孩子不错，一点架子也没有。

"来这儿了，哪能让你请客，正好我约了几个人一起吃饭。"

到了建国饭店，米跃停了车，两人进去后，米多看着金碧辉煌的场景总觉得眼睛有点不够使的。进了餐厅，望着一眼看不到头的大厅，米多心里想：农村办红白事，要有这么大的地方，来多少人都能一拨待过去。

跟米跃进了一个包间，几个客人都站起来和米跃打招呼，米多看了看各位的穿戴，又向自己身上看了看，站在那儿不知怎么好。这时米跃笑着向大家介绍："这是我老家一个村的叔叔，刚下火车。"米跃把在场的各位都给米多做了介绍，什么经理、处长，但米多谁是谁一个也没记住，入座后他们聊入关、阿富汗、纳米技术，米多听得云里雾里，他心里对自己说：我是和县长一个桌上吃过饭的人。他装着什么都听懂了的样子，眼睛看着说话的人，不时的下意识地点一下头。席间大家都端起杯子给米多敬酒，都跟着米跃喊他大叔。快吃完饭时，桌上的盘子里几乎都空了，放在身边的银碟里的叉子还没用过，才开始上来的这些餐具，他还以为要吃西餐呢，当时还想咱也开开洋荤。这时米跃问大家都还需要点什么。大家都点头说吃好了。最后看着还在吃米饭的米多说："叔，你看还来点什么？"

米多向桌子上扫了一眼，心想农村待客，要像这样吃得光光的也不好看。他想了想说："刚才那粉丝不错，再来一盆粉丝吧。"

全桌的人怔了一下，有两位想笑没笑出声来，服务员捂着嘴出去了。米跃想：你以为那是粉丝，那是鱼翅，二百八十块钱一份。要再上一盆加一千块也打不住。他脸上努力笑了一笑，转脸对着门口喊："服务员，给上一盘红烧排骨吧。"

第二天在家里，米跃特意嘱咐妻子去超市买了粉丝，做了一大锅猪肉炖粉丝。吃完饭，米多回味，这粉丝还不如人家饭店里不放肉做的好吃。

在米多的心里，总而言之，米跃这孩子还算不错，一是会过日子，二是没有忘记乡情。

时尚的尴尬

丽娜这天要带男朋友罗德去给姥姥过生日。

这是她第一次带罗德去见自己的家人，就连她的爸妈也还没有见过罗德。为此，丽娜和罗德一起去做了头发。

丽娜不但给姥姥买了礼物，还为爸妈准备了礼物。这几天，她的心情一直不错，她为自己的这个不错的创意而高兴。她想象着家人及亲戚见到她和男朋友闪亮登场时聚集过来的惊奇目光……

姥姥家今天果然是热闹非凡。大舅、二舅，大舅妈、二舅妈，二舅家表姐，二姨、老姨，还有她们的丈夫和孩子，还有好几个只是有点脸熟的亲戚都来了。

姥姥高兴得合不拢嘴，真有点像佘老太君或贾宝玉他奶奶的感觉。见到丽娜这个小时候自己最疼爱的外孙女，姥姥拉着她的手不肯放，问这问那的，脸上更是乐开了花。也许姥姥没听见，也许姥姥光顾高兴了，反正丽娜刚才向姥姥介绍罗德时，姥姥没作出任何反应。待姥姥和她亲热得差不多了，她示意坐在一边的罗德过来，对姥姥说："他叫罗德，是我的男朋友。"罗德喊了声："姥姥，祝您生日快乐。"这时老太太才注意到丽娜身边的罗德。老太太睁着有点昏花的老眼看了一眼，又看了一眼，然后脸上费劲儿地挤出一丝笑容。待罗德坐回去，老太太拉过丽娜，把嘴凑在丽娜耳朵上，疑惑地小声问："娜娜，你怎么找了个外国人？"丽娜看了坐在一边的罗德一眼，扑哧一声笑了："姥姥，你说什么呀。"

没待一会儿，爸妈来了，丽娜介绍过爸妈，罗德喊过叔叔阿姨后，她拉着罗德骄傲地说："这就是你们多次强烈要求要见的我男朋友罗德。"丽娜看到，爸妈看罗德的眼神不太对，脸上一点喜悦的感觉也没有。丽娜想：罗德的一言一行都很得体，爸妈怎么对人家是这态度？过了一会儿，妈妈小声对丽娜说："娜娜，你出来一下，妈妈和你说点事。"丽娜向男朋友做了个鬼脸，跟妈妈走了出去。

走到院子里，丽娜先说话了："妈妈，你和爸爸怎么了？是不是对我男朋友不太满意？"

妈妈问："他到底是干什么的？"

丽娜不耐烦地说："不是给你们说过了，他是我们团的艺术总监。"

妈妈望了望天，长叹了口气，停顿了一下，说："有事咱们回家再说吧，你们年轻人忙，你看你姥姥这里这么多人，你们也给你姥姥祝贺过生日了，你们就去忙你们的吧。这里我和你爸爸就代表了。"

"妈妈，我不明白，到底我们做错什么了？我长大了，谈男朋友是天经地义的事，再说，你们不是天天喊着要见他吗？"

"有什么话，咱们回家再说吧。"

回到屋里，丽娜对姥姥说："姥姥，我和罗德先走了，刚才单位里打电话，说有急事让我们回去。再一次祝您生日快乐，健康长寿。"

向外走时，丽娜脸上努力装出一点笑容来。在楼下，碰到了表哥一家，丽娜弯下腰问表哥两岁多的女儿："硕硕，喊我什么？"硕硕睁着天真无邪的大眼睛抬头看着她，脱口而出："姐姐。"丽娜问："为什么喊我姐姐？""因为你这金喜善的发型特别酷。"表嫂纠正说："不对，应该喊姨姨。"丽娜虽然被小硕硕降了一辈，但她的心里很是高兴。她转脸指着身边的罗德说："硕硕，你喊他什么？"小硕硕抬起头，看了一会儿罗德，低下头想了想，又抬起头看了一会儿罗德，丽娜追问："硕硕，喊他什么呀？"硕硕疑惑地说出了两个字："爷爷。"

大家都显得很尴尬。表嫂对女儿说："这孩子，不懂事。他是叔叔，是姨姨的朋友。"

走开后，丽娜和罗德听到硕硕还在和表哥表嫂辩白："他就是个爷爷嘛，你们没看见，他的头发都白了一半。"

丽娜和罗德相视一怔，两人心里好像明白了什么。

过 年 吃 肉

过去农村穷，一个整劳力一天只挣十分工，十分工只值一毛多钱。那时我才十二岁，就我儿子现在这个年龄。夏天还好过点，放学后、星期天去割草，热得不行了，还能下河里洗澡。冬天就难过多了，冰天雪地的，走到路上风吹到脸上像刀割一般，上学、放学的路上我们都是跑着。不但路上冷，家里也冷，教室里同样也冷，好像整个世界都被冷空气罩上了，根本没有暖和地方躲藏。我们这些小学生被冻得双脚像猫咬了似的，一双小手像两个红柿子。

不知从哪天起，村里偶尔响起一两声鞭炮声，这鞭炮声告诉人们，快过年了。孩子们听到这鞭炮声，都变得有些兴奋，他们心里明白，过年能吃上肉，或许还能穿上一件新衣服。

我记得很清楚，那是春节前两天，中午，我和妹妹一起放学回到家，一进院子，一股炖肉的香味直冲鼻子，我和妹妹被香味牵着直接来到了灶边，我和妹妹笑着问娘："锅里是炖的肉吧？"

娘一愣，答非所问："你们今天怎么放学这么早？"

"娘，晚上是不是吃肉？"我也是答非所问。

小妹搂着娘的脖子，小声说："娘，我想吃肉。"

娘看了看我，又摸了一把妹妹的脸，叹了口气，继而笑着说："两个小馋猫。东东，放下书包，和妹妹去外边玩一会儿，待会儿回来给你们吃肉。"

从锅上冒出的热气里散发出来的肉香，拴住了我的脚步。

我恳求娘："先给我们尝一点吧。"

小妹更是抱着娘的脖子不放："我不跟哥哥去玩，我在这儿等着吃肉。"

"不听话是不？那谁也别想吃肉。你爹在屋里哪。"

没办法，我和妹妹恋恋不舍地离开了灶房。

在街上玩，我们也是身在街上心在家，妹妹一会儿问我一句："哥，咱能回家了吧？"我总是咬着牙对她说："再玩一小会儿。"

实在坚持不住了，回到家时，发现外门关上了，我试了试，并没有从里面插上。我轻轻把门打开了一点，回头示意小妹别闹出动静，我们俩一前一后轻步进了家。

走进院子我们看到，一家人住的上屋也关了门。我又回头示意妹妹小声点，一步步向上屋迈近。从门缝里向里一看，我一下子惊呆了。只见娘坐在一边，爹爹一个人在大口吃肉。我有点不敢相信自己的眼睛，看了看天，又向里看，真真切切，是爹一个人在吃肉。我心里的委屈一下子涌上心头，我想哭。那一刻我心里想，我和妹妹是不是不是他们亲生的？天下竟有这样的父母，把孩子支出去，大人自己关在家里吃肉。等我长大了，出去挣了钱，天天自己买肉吃。妹妹在后边着急，一个劲儿地扯我衣服，我把她让到前边来，她向门缝里一看，脸上的表情立马变得比我的还难看，她甚至迅速抬起胳膊用袖子擦起了眼睛。她裂开嘴，哭出了声。听到动静，娘走过来打开了门。我和妹妹看到，他们已把刚才放在爹面前的肉碗放了一边，爹的嘴虽然停止了咀嚼，但他的嘴里明显还有肉没有下咽。看到我和妹妹，娘和爹都显得有点不好意思。

娘和爹没有太劝我们，也没有马上去盛肉安慰我们。记得那天的晚饭到了很晚才吃。

后来我才知道，是我和妹妹冤枉了爹娘。那天爹爹从公社大院外边的地里路过，看到一只狗在地里向外扒什么，他走过去，狗不情愿地离开了一点距离。他弯腰从地里拉出了一块肉，足有五斤重，可上面长满了绿色的斑点。爹爹推想，这可能是人家给公社干部送的礼，公社干部没吃，就埋这外边地里了。春节前的肉就是这样，爱长绿色斑点。再说，人家给公社干部能送坏肉？所以就拿回了家。但爹和娘又真怕万一这肉有毒，所以娘把我们支出去，爹先试吃，看没有事才敢让我和妹妹吃。

现在生活好了，只要想吃，天天都能吃上肉。但我和妹妹每每想起小时候的这件事，总是要难受一阵子。

可怜天下父母心。

羊与狼的故事

近日，《虎城晚报》登出这样一条消息：我市动物园又添一景，野山羊和狼同处一笼。

当下正赶上十一长假，除了有出外旅游计划的，一家人出来逛逛动物园成了许多家庭的首选，特别对有孩子的家庭来说。晚报的那条消息更是起了推波助澜的作用，这几天，动物园里人流如潮，野山羊和狼的笼子前更是天天挤得水泄不通。野山羊在笼子里走来走去，很兴奋的样子。它是刚从大秦岭被逮住运进城来的，浑身充满了野性。黑色，毛很长，特别是头上的那一对羊角又粗又壮，很是威风。它心里想，这是什么地方，怎么这么多直立着走路的动物？

而那只像披着黄缎似的狼却躲在角落里，很害怕，缩成一团。它心里想，我像上一辈子一样规规矩矩待在笼子里，供直立着走路的动物们开心。有时他们用小棍捅我，我都忍了，真把我惹急了，我最多也只是露着牙小声嚎叫一下吓唬吓唬他们。有时他们拿石块砸我，有时给我带塑料包装的食品吃。到我这里，我们已经在这里生活了三代。不知什么原因，头天晚上突然关进这么一个怪物来，它总是追着我跑，有时用凶狠的目光盯着我看好久，好像要吃了我。这两天晚上，我没敢睡踏实，都是等它在我往常睡觉的地方睡着了，我才在离它很远的地方迷糊上一会儿。

这天晚上，野山羊和狼进行了它们相见后的第一次对话："你叫什么名字？"野山羊大大咧咧地问。

狼颤声答道："我叫狼。"

"这里是你的家？"

"我们家在这里住了三代了。"

野山羊盯着狼的眼睛问："你害怕我？"

"大侠，你来这里，我热烈欢迎。今后吃住等一切都是你说了算，只要你不吃我就行。"望着野山羊琢磨不透的目光，狼低下头怯怯地说。

野山羊笑了笑说："只要你看我的眼色行事，我暂时不会伤害你的。"

"大侠，你放心，我决不敢拿自己的生命开玩笑，对您，我绝对会言听计从。"狼赔着笑脸表态说。

一段时间里，野山羊和狼处得相当不错。野山羊的目光里少了些敌意，狼像个随从，跟在野山羊的屁股后边团团转。

后来虎城新调来的某位领导作出指示：羊狼一起圈养有悖动物的生存规律，叫别的地方的人听了去，会拿这事当笑话讲。这事有损我市的声誉，应尽快拿出解决的方案。

后来野山羊被放归了森林。

有一天，野山羊遇到一只狼，它见这只狼恶狠狠地盯着自己，心里愤愤不平地想，你敢用这样的目光看我，太不把我放眼里了。

最后狼把野山羊吃了。临咽气前，野山羊还想不明白，这世界怎么了？

天上掉下来的好事

　　游子回家心切。寒冬的大雪没有阻挡住双印回家的脚步。在镇上下了火车，已是凌晨 4 点，双印就上路了。翻过红山口，天渐渐暗下来。双印深一脚浅一脚走着。忽然他停住了，前行的右脚退了回来，继而又倒退了两步。直觉告诉他，他踩到了一只活物。是人？不像。是狗是狼？想到这儿，他的汗毛、头发都竖了起来。他想绕过去赶紧赶路，又觉得心中的猜疑解不开。他放下背包，攥了一下双拳，从兜内掏出打火机，他给自己壮了壮胆，摁着打火机，弯腰向前面地上的东西照去，一堆白东西，他又向前走了两步，看清了，竟是一只白天鹅，他提起白天鹅一看，一点动静也没有，像是死了，他又拿打火机向外照去，又发现一只。一会儿工夫，双印捡到了十多只白天鹅。他把它们放在一起。双印心里想，天助我也。反正不是我打死的，这都是冻死的。到时候送到县城野味餐厅去，准能换回很大的一笔钱。当民办教师的她一定高兴得会跳起来。他们只是偷偷地通信，她爹是村主任，嫌他家穷。这回说不定他和她的事有戏了。

　　双印激动得有些陶醉了。这时，天开始放亮，双印在雪地里不停地弯腰站起来，一会儿工夫，他捡到了一大堆白天鹅，足足有五六十只之多。这儿离家还有五六里路，他想提起两只白天鹅，背上包先回家，再用地排车回来拉，又觉得这样不妥。他环顾四周，看到一个看山人的草棚，他一趟趟把白天鹅运过去，把门伪装好。他想这样的雪天气，这段路很少有人走，这财我是发定了。他转身哼着："我总是心太软，心太软……"向村子走去。

　　回到家，他扔下背包，告诉父母："我去拉我的东西。"并要娘在车上放一床被子。老爹要陪他去，他不让，他说："一会儿给你们个惊喜。"

老爹老娘不知道儿子葫芦里卖的什么药。是不是儿子领回来了个媳妇，还有孙子？

双印拉车出了村，几乎没碰上村里人。他兴奋地拉车跑了起来。他想，自己打工挣的三千多块，再加上这些宝贝换回的钱，过年后翻盖房子，再买个电视，说不定村主任就同意了他和姑娘的婚事。桂花长得多俊，红扑扑的脸上有两个好看的酒窝。看一眼，能醉倒人。他俩是初中同学，前两年他就看上她了，但他觉得不配她。所以年初跟同村的李龙他们一起去北京打工。当他给她试探着写了封信时，她竟回信了。那天，他接到桂花的信，主动请客，和李龙两人喝了一瓶二锅头，他喝醉了都在笑。李龙问他什么好事，他一直也没告诉他。他背包里有给桂花买的一支口红，还有一件羽绒服，黄红两色的，桂花穿上一定比电影明星还漂亮。

一路想着，双印拉着车子像要飞起来，好几次差点滑倒，一不小心还走过了那埋着他希望幸福的窝棚，又摇了摇头，赶紧掉转车子往回走，走近窝棚，他激动的心几乎都要跳出来。他哆嗦着双手打开窝棚门，向里一看，怔住了。他不甘心地伸手去探，没有了，一只白天鹅都没有了，里边只有一片白毛。

后来在乡文化站当站长的表哥，听了双印讲的故事，创作了一篇题为《天鹅飞了，双印笑了》的文章，发在市报上。文章说，双印捡到被冻僵的天鹅后，用自家的被子给天鹅取暖恢复知觉，然后放飞等。双印被县里树为爱鸟护鸟、爱护生态环境先进个人。村主任在姑娘的软硬兼施下也勉强同意了他俩的婚事。

观　葬

　　满仓抬头望了望毒毒的日头，从脖子上抽下毛巾，擦了把汗，放下锄头，来到了地头的树荫下。他在心里骂了句，这狗日的天，真闷。

　　从上衣兜里掏出个皱巴巴的烟盒，拿出一根"金菊"点上，美美地吸了两口。

　　一低头发现了身边的蚂蚁，满仓本想躲开一点，在收回目光的一刹那，他发现蚂蚁们排着长长的队，像拉练的队伍在行军。满仓来了兴致，他正了正身子，低下头细看，从队伍的中间看去，两只一排，前后左右的距离几乎相等，全都急匆匆地在赶路，满仓的目光寻向队伍的源头，是一个蚂蚁窝，一对对的蚂蚁像出征的士兵相随着冲出来。满仓又把目光寻向另一头，队伍已越出了他的视线，他站起来，弓腰向蚂蚁队伍的前方跟去，在几米远的地方，他终于看到了蚂蚁队伍的排头兵，八个蚂蚁抬着一具蚂蚁的尸体走在最前面。他若有所思，这是蚂蚁在送葬。

　　他想到了老娘，老娘快八十岁了，说不定哪一天就不行了。

　　他记得清楚，四五年前，秋和媳妇上吊死了，组长找他去拉人火化，他害怕死人，编瞎话说自己拉肚子。去年，前街的刘二爷死了，他听到信儿偷偷跑到丈人家住了两天，回来，组长冷笑着问："满仓，你这几天去哪儿了？"

　　"老丈人家掏井，我去帮忙了。"

　　"前街的刘二爷死了，你知道吗？"

　　"真不知道，什么时候？"他装得挺像。

　　组长正色道："你别耍小心眼了，说句不好听的话，你家大婶也这么大岁数了，她老人家死了，你自己往外背？"

　　满仓脸红红的低下了头。

　　满仓望着蚂蚁送葬的队伍，抬拳捶了下自己的脑门儿，长长地叹了口气。

存折里的秘密

由于夏天闹洪水，深秋时，上级拨下来了一批救灾物资。这天，夏沟村的广播喇叭响了。村主任保库先是习惯性地咳嗽了两声，然后喊道：全体村民请注意，今天上午，每家派一个代表，到村部领上级发下来的救济衣物。再广播一遍，全体村民请注意，今天上午，每家派一个代表，到村部领上级发下来的救济衣物。

没多大一会儿，村委会里里外外就挤满了人。说让一家来一个人，有的领着孩子，有的全家出动。人们说笑着，打闹着，甚是热闹。村委会的几个干部大声喊道：大家别挤，一家到前边来一个人，喊到谁的名字，谁进来领。

不一会儿，里边有人说，我不要这件，再给换换。村干部说，别人捐的东西，还挑三拣四的，不换。开始陆续有人抱着衣物或被子从里边出来，有的人笑得合不拢嘴，有的人沉着个脸。

长山领回了一件红色的女式半截大衣，他没进家门就喊：

"秀珍，你看这是什么？快试试合身不？"

秀珍正在院子里干活儿，看到长山抱着一件红衣服进来，并没有一点高兴的样子。

"人家都领床被子，或给孩子领两件衣服，你要它干什么？"

"给你穿，出个门什么的，你都没件像样的衣服。"

秀珍白了他一眼："我不要，你去换点别的吧。"

人家村委会的人说了："别人捐的东西，不给换。你看，多好看，还八成新呢。"

"反正我不要，你爱给谁给谁吧。"

好几天后的一个晚上，长山出去找人打扑克了。秀珍刷完锅碗，喂上猪，看儿子在外屋专心地写作业，悄悄地进了里屋。她眼睛落在了长山拿回来的那件红衣服上。她想了想，出去到院子里插了外门，轻步回到了屋里。她又关了里屋的门，脱下身上的衣服，穿上了那件红衣服。她站在镜子前照了又照，脸上一下子布上了红晕。她穿着这件衣服，在屋里走来走去，前看看，后看看，感觉好极了。好大一会儿，她才不情愿地脱下来。她用自己那双粗糙的手抚摸着那件衣服，心里涌上一股温暖和幸福。

她从满足中回过味来，开始叠那件衣服，突然她的手停了下来，她从衣服的一个兜里掏出了一个红本本，她哆嗦着手打开，上面有一万块钱，是一张存折。

长山回来时，已经很晚了。见她和衣躺卧在床上，推了推说："这么晚了，你怎么还不睡，等我呢？"她从半睡半醒中坐了起来，对长山说："别没正经了，我给你说，出事了。"

"出什么事了？你快说说。"长山一惊，看着她说。

"你拿回的那件衣服里有一张一万块钱的存折。"

"真的？大好事，我说感觉这两天左眼皮老跳呢。原来跳的是财。"长山接过秀珍递过来的存折看着。

"别想好事了，你想想，人家知道丢了存折得多着急。将心比心，人家是为救济咱，才误把存折装衣服里的，咱不能坏了良心。今天天太晚了，明天早上你赶紧去找村长，让上级赶紧把存折给人家退回去。"秀珍一本正经地说。

"孩他妈，这存折没设密码，做个假身份证就能把钱取出来，反正谁也不知道，怎么也找不到咱家来。一万块啊，有这些钱明年春咱就能盖新房了。"长山笑眯眯地说。

"这钱就是真能取出来，咱也不要。要花了人家这钱，咱一辈子也活不安生，咱不能做这种丧良心的事。"

"你说的在理，听你的，明天早上我就给村长送去。"

第二天，村长保库从长山手里接过了存折，说："长山，这事办得不赖，把那件衣服也拿回来吧，人家上面好找存折的主人。"

长山说："那村里还有救济的衣服吗？"

村长说："没有了。这衣服你拿回家好几天了，你怎么不早送回来？要是早送来，还有可能给你发点别的。"

"昨天晚上半夜我老婆才发现的。"

长山叹着长气离开了大队部。

过了几天的一个晚上，村长保库让他女儿把长山叫到了自己家，聊了会儿天，村长说："是这样，长山，你交回的存折和衣服我已经交给上级了。我想了想，我家分的这件军大衣你拿走，谁让我是村长，我不吃亏谁吃亏。不过，找出存折的事就不要乱说了，人多嘴杂。你拿回家衣服好几天后才送回来，说出去叫人家知道了也不好，明白吗？"

长山搓着手说："村长，那多不好意思。"

"你就别给我装客气了。我说的话，都明白了吗？"

"村长，我明白明白，今后什么也不说。"

"我可是为你好。"

"谢谢村长。"

长山走后，村长保库媳妇说："多好的一件军大衣，你给他了。他交回的衣服你交上级了，合着咱家什么也没有了。"

"妇道人家，你懂什么？你别管。"

没过多久，上级传下话来说，已经找到了存折的主人。那些钱，捐衣服的主人都不知道，是她得了绝症的丈夫死前悄悄给她存下的，那件衣服也是他们结婚时穿过的。

后来村长保库见利不忘义的事迹上了报纸和电视。听说还有人要出资以此为蓝本，拍一部电视剧呢。

张记书，男，中国作家协会会员，国家一级作家，中国微型小说学会理事，冰心儿童图书奖获得者。在国内外报刊发表小小说千余篇；百余篇被《读者》《微型小说选刊》《小小说选刊》等选刊、丛书选发；300余篇作品在新加坡、日本、澳大利亚等国家及中国香港、台湾地区发表；百余篇作品在海内外获奖；《怪梦》被入选日本大学课本；《珍珠情缘》、《死亡实验》被入选加拿大多伦多大学教材；《尿炕》被入选美国大学教材。已出版《怪梦》《爱的切入点》等8部作品集。

张记书卷

心　灯

　　天府之国一场特大地震灾难中，中学生辛亮亮被倒塌的楼房掩埋 146 个小时之后，奇迹般地被救了出来。面对抢救他的武警战士和为他疗伤的白衣天使，他流下了一串又一串感激的泪水。新闻记者采访他，问他："这么长的时间，你是怎么挺过来的？"于是，他讲述了一个让人十二分感动的故事。

　　当他从迷糊中睁开眼睛时，四周黑洞洞的，什么也看不到。他伸了伸两条胳膊，没伸展，就被一块水泥板挡住了。他用右手摸了摸头，左额角黏糊糊的，似乎淌过血。他蜷了蜷两条腿，左腿可以缩回来，右腿被什么东西死死地压着，一动撕心裂肺地疼。他拼命打开记忆大门，问自己："我这是在哪里？是在做梦吗？不，不是。"他终于想起来了：上课的铃声响过，语文老师走上讲堂，刚讲了一会儿，教室就晃了起来。有人喊："地震，快跑！"听到喊声，他想拽同桌的婷婷一起跑，伸出手还没抓住她，上下强烈颠簸的震动，就将他颠到了桌子下。之后，好像有个什么东西重重地打在他的头上。再后来，他就什么也不知道了。

　　此刻，他明白了，他是被地震震塌的教室埋住了。他想，如此强烈的地震，同学们都难跑出去。如此说来，婷婷一定就在他附近。于是，他两只手不停地在周围摸索着。突然，他捉摸到了一只纤细的小手，他一把抓住，得到的是一声微弱的呼救声："救救我！"是婷婷的声音。顺着她的手摸过去，摸到了她的头，再往前摸，摸到了她的背，然而背上却压着一块巨大的瓦砾。他用力推了推，纹丝不动。他鼓励婷婷："坚持下去，一定会有人救我们的。"回答他的却是婷婷一声又一声无奈的呻吟。

四周太黑暗了，他被黑暗压抑得快窒息了。他想，如果有一点光明该多好呀！他记得他书包里有一只刚换过新电池的手电筒，那是他准备放学晚了，回家走夜路用的。他便在身边摸起书包来。书包终于在一条桌腿边找到了，手电筒露了出来。他像一个匆忙上战场、忘带武器的战士，突然有了武器，别提多高兴了。他打亮手电筒，狭小的空间顿时亮了起来。大概因电光的刺激，婷婷睁开了眼睛。只见她的肩头正流着血。她拿出最后的力气，对亮亮说："我不行了，我们的希望全落到你的身上了！"说完，头一歪，再没了声音。

亮亮关了手电筒，抓着婷婷的手默默流泪：就这样与婷婷告别吗？难道他们昨日共同上北京大学的美好憧憬就这样结束吗？不，我一定要坚强，要活下去，实现两个人的理想。想到此，他心里一下子亮起了一盏灯。于是，他打开手电筒，开始复习功课。他的数学较差，他就先从数学开始。一旦钻进书本里，时间似乎就凝固了。也不知过了多久，他感到困了，就关上手电筒睡一会儿。

复习完数学，他觉得又渴又饿。可是，这儿哪有吃的喝的呢！他开始寻找能吃能喝的东西。他用双手和左脚在四处活动着，感到左脚被一个软软的东西绊了一下，他用脚钩过来，是个矿泉水瓶。他一阵惊喜，拿到手中，里面却一滴水也没有。他扫兴地捏了半天，然后把瓶口对准自己的下身。为了生存，只能这样了！

喝了点自身的水，他有了些精神，就开始复习英语。累了，就睡觉。

偶尔，看一眼婷婷，她早没有半点声息，到另一个世界去了。他拉了拉婷婷的手，她的手已变得又凉又硬。

他再次关闭手电筒，闭上眼睛养精蓄锐。又不知过了多久，他被饥饿唤醒，两眼直冒金星。胃里一点东西也没有了。有什么办法能解决这临时困难呢？眼下除了书本，没有别的东西，他决定试一试，撕下一页，嚼了嚼，又向嘴里倒了些自身水，咽了下去，胃里立刻好受了些。

他开始复习语文了。他最爱这门功课，并且特别喜欢唐诗。他不知在这里还要待多久，为了节省电，他开始在黑暗中背诗：床前明月光……

当他吃了大约有十多页书，那点自身水也喝完的时候，他突然听到外面有狗叫声和人的说话声。于是，他用吃奶的力气向外面喊："我还活着，快来救我！"外面立即传来回声："要坚持住，我们正在救你！"

随着一阵挖掘机声和锯断钢筋的声音之后，亮亮就重见了天日。

一个奇迹，一个在爱心帮助下，敢于向命运挑战的奇迹，就这样诞生啦！

画家住在鸡毛山

画家李保平选择住宅的时候，不知怎么就相中了多数人不喜欢的鸡毛山。鸡毛山是郸城一个不起眼的小山包，且离市中心较远。当住宅开发商开发的时候，许多市民都不屑一顾。然而，保平却爱上了这个地方。我猜想莫不是鸡毛山优美的民间故事吸引了他。

传说古时候，有个仙人在此山修道。仙人养了一群鸡，只只长得既漂亮又肥大。一天，一只恶鹰趁仙人不在家，飞来抓鸡，身上沾满仙气的群鸡便同恶鹰展开了殊死的搏斗。几个回合下来，除了头鸡被抓掉几片羽毛，其他鸡安然无恙，而恶鹰却落荒而逃，从此再也不敢来冒犯了。经过这场恶斗，像蝉脱壳似的，一夜之间一只只鸡出落成一只只金凤凰似的。能抵御外来侵犯的鸡却抵御不了内部的矛盾，常常为了争食或争配偶，厮打得你死我活。

保平住进新宅好不惬意，每天鸡叫（他有一只电子仿鸡叫闹钟）而起，早饭后迎着东方朝阳，走上坡去虎背山上的文联机关上班；下午走下坡，迎着西方夕阳回到鸡毛山家中来。无论走上坡，还是走下坡，他都能激发灵感，人生无非上上下下。于是，一幅幅别出心裁的美术作品便脱颖而出，并多次参加国内外画展，捧回一个又一个奖杯。

保平画得最得意的作品是画鸡。那画虽一般人欣赏不了，但高人行家却跷起姆指夸奖，说正应了"呆若木鸡"的成语，这才是真正大手笔。于是，便有了"齐白石画虾、徐悲鸿画马、黄胄画驴、李保平画鸡"的美誉。

保平有个儿子叫小舟，自小就有艺术天分，上小学的同时还参加了"红、黄、蓝"美术班。经老师指点，进步飞快，再有保平教导，很快得到艺术真传。他常常对着爸爸的画说三道四，保平也不恼，说儿子定能青出于蓝而胜于蓝。

住在鸡毛山，保平的体会是：这儿不但是个有灵气的好地方，还是孕育艺术家的摇篮呢！

一日，为迎接中、韩两国画展，保平画了一幅群鸡争斗图，画完后左看右看不大满意。保平一时不知如何修改，儿子小舟却捂着嘴窃喜，弄得保平莫名其妙。一周后，保平正想重新构图再画一张时，却发现原画发生了很大变化。只见画中每只鸡身上都少了一些羽毛，掉下的羽毛飞满画面，真是一幅群鸡斗得天昏地暗图。

大展过后，这幅画被韩国国家博物馆收藏，收藏费20万美金。只是作者署名上多了一个人：李小舟。

杨 花 似 雪

春天的阳光，洒在古城街旁白杨树上的时候，刚刚长出的小杨叶，就像婴儿的小手，在拍巴掌，欢迎春姑娘的到来。春风轻轻一吹，遮天盖日的杨毛毛就笼罩了整个城市。一位林业专家说，这不叫杨毛毛，叫杨花。

就在杨花飞舞的时候，有一个蓬头垢面的老女人，在挨家挨户乞讨着，似流动在这个城市琴弦上一个不和谐的音符。

当她叩响我的邻居刘老师家门时，刘老师正在屋里熬中药，药味呛得他不住地咳嗽。自从退休后，他就感到心脏有些不适，医生说是冠心病，一定多加小心！

"好心人帮个忙，接济接济吧！"老女人在门外喊。

刘老师打开门，一惊，是多年不见的前妻。"你……"

老女人也一惊："对不起，我真不知道这是你的家！"扭头就走。

"你等等！"随后，刘老师撵下楼，打架似的硬将一张钞票塞到她手里。

"孩子出事了，住进了医院，要不……"

"孩子出了什么事？住在哪个医院？"

"出了车祸，伴在……"

"我一定去看孩子，我的儿啊！"

老女人摇着手，紧忙走了。

这天晚上，我就听到了刘老师家里吵骂声和摔东西的声音响成一片。

"那一百块钱哪儿去了？多少年了，你还记着她！"

"是孩子出事啦……"

第二天早晨，我还在睡梦中，一阵急促的敲门声过后，刘老师妻子闯进我的家。因我曾是刘老师的学生，该叫她一声师母呢！忙问她："有什么急事？"

刘师母慌乱地说："老刘怕是不行啦！"

我急忙披上衣服打120电话，然后，同师母快速把刘老师送到市急救中心医院。

医生草草检查了一下，说："安排后事吧，人早死啦！"

刘老师的病历上写着：心肌梗死。

刘老师遗体火化的时候，杨花仍在飞舞，铺天盖地的似雪片，卷成一个个"雪团"，打在刘老师的花圈上。

我心里好难过！

古寺钟鼓声

当……当……当……

清晨，古庙钟声响了，于是和尚们便披上袈裟来到主殿前，等待寺庙的住持发话。

住持今天格外高兴，满脸堆着笑纹。双手合十，片刻，便道："阿弥陀佛，告诉大家一个特大好消息，经上级有关部门批准，我们寺庙被定为县团级单位，今后一切均按这个级别对待！"

众和尚惊喜地瞪大了眼睛。

住持张了张嘴，本想宣布"我自然为正县团级待遇"，又觉不妥，把话咽了下去。接着说："为了庆贺这一喜事，以击鼓表示祝贺。"

随着，一个和尚抡起鼓槌。

咚……咚……咚……

本来的暮鼓，此时与晨钟的旋律汇在一起。

鼓声中，每个和尚都似在禅堂坐禅时进入了梦幻世界。

Y 和尚想：我能否按副县团级对待呢？

K 和尚想：我若能按正科级对待也不错！

H 和尚想：我能按副科级对待吗？

晚上，突然从主持屋里传出对骂声。原来住持与另一个管家和尚为买"伏尔加"还是买"丰田"轿车打了起来……

父亲的藏"宝"

父亲有一只小木箱，从我记事起就常年锁着，算下来有 40 多年了。父亲是 H 纺织厂的老厂长，他还在任的时候，每逢遇到什么困难和挫折，就打开小木箱看一阵。于是，他凝重的眉宇就舒展开来。自从他离休后，似乎打开小木箱的次数比以前更勤了。有时报纸、电视台报道了哪儿又惩治了脱离群众的贪官污吏，他就打开小木箱看一阵，之后便叹声连连。有时，几个要好的叔叔、伯伯来家小聚，父亲就把他们邀到他的卧室，还倒插上门。我猜想，父亲一定在亮他的"宝"啦。随后，就传出一阵阵争论声。待大家分手，还一个个面红耳赤。

父亲病重之后，就把我叫到他的身边，把小木箱的钥匙交给了我，说他风风雨雨工作了一辈子，没给晚辈造什么福，唯独留下这么个小木箱，里面的东西不知算不算文物什么的。并嘱咐，他"走"后再打开。给儿女留个遗念吧！

父亲过世 100 天的时候，我同弟弟妹妹们一同为他扫完墓，就觉得是打开父亲的小木箱，展示他"宝贝"的时候了。

大家都提心屏气，睁大了眼睛。

开箱是神圣的，也是神秘的。当数双目光像探照灯聚光到小木箱上时，我拿钥匙的手都有些颤抖了。

40 多年前的风尘打开了，40 年前的风雨似乎再现眼前。小木箱里规规整整地躺着一顶父亲"文革"时戴过的高帽子，大约有二尺多高，帽子上还歪歪扭扭写着"走资派牛文斌"六个大字，"牛文斌"三个字还用红笔打了叉。木箱里还有一篇父亲写的回忆录《戴高帽的日子里》。于是，我们姊妹们便传看了这篇文章：

　　1966 年 9 月初，"文化大革命"像一阵怪风，刮到了纺织厂。当时我是厂长，风头直对着我扑来。因风尘弥漫难以睁眼，不知哪位"好心人"给我戴上了一顶蒙头盖脸纸做的白帽子。这顶帽子本来可以挡风，结果起了更加招风的作用。为啥招风？因为帽子太高了，戴在我头上，再加上我一米八五的身量，简直像举在半空中的纸人。形象怎样，我自己没有感觉，只是观众议论，说我像个"吊死鬼"，冷眼一看怪吓人的。实际上，单凭这顶帽子高得出奇还不算很惊人，加上帽子上"走资派牛文斌"六个大字，就更加惊人了。我记得戴着这顶帽子游街的时候，路旁的人简直像看耍猴的。

　　自从我戴上这顶高帽子，挨批斗受折磨整整三年，其苦难状况随着时光消失了，唯一记在心里的是修锅炉。修锅炉本来不是多大的事，可在我当时的处境下就有了文章。

　　我原本是天天研究纺织质量和产量的人，对单位的锅炉好烧不好烧的事一无所知，从来没有人向我说过。

　　皆因高帽子一戴，成了牛鬼蛇神，当起了厂里的勤杂工，这才有了与锅炉见面的机会。

　　修锅炉这件事，是在"运动"展开后的第二年初冬出现的。当时，我正提着泥桶逐屋盘火炉子，听说有座小锅炉多年没有烧开过一炉水，就感到新奇，忙贴近锅炉查看。这时一位车间主任走过来对我说："你在厂里当领导多年啦，从未见你管过这种事，今天你来了，看看这个小锅炉为什么总是烧不开一锅炉水呢？"

　　我接受这项任务以后，立即打开炉门仔细观看，并且点火试烧。越看越明白，从而联想到我年轻时在农家得到的一点盘灶知识。当时，我家的灶膛不好烧，点着火的柴往灶膛一塞就灭，要不就是光冒烟不见火。对此，我父亲也不知是怎么回事，就在邻居家请来一位老瓦匠师傅。瓦匠师傅一看，立即说："你这灶膛过火处有挡头，可能过火处上边的土坯坏了。"父亲一听，随手把灶台上的铁锅搬掉，一看，就是过火处上边横盖着的那土坯塌了卜米，挡住了烟气的顺流。改修后，立即好烧了。

　　瓦匠师傅在指点父亲修灶膛时，说了一句瓦工技术话"远隔山，近隔柴"，意思是灶膛内有障碍，点不着火。炕洞和烟囱内有障碍，烟气不通顺，必然返烟。

我当时才十来岁，听到这种瓦工语言，并不在意，要不是遇上修锅炉的事，早把这种技术语言丢到天外去了。于是，针对小锅炉的毛病，正和"近隔柴"的道理相吻合。小锅炉就是添上煤以后，光见混烟，不见火苗。围绕这个难题，我仔细观察了炉膛内的构造，断定是灶膛上端两膀阻烟，根在制造不合格。本来锅炉上顶应是"窝头"形，下大上小，与烟囱形成喇叭状，使烟气畅通顺流，可这个小锅炉不知是哪个外行人设计的，锅炉上顶与烟囱形成了倒反的"丁"字，烟不能顺通，反复在炉膛内混转，致使炉火无法兴旺。

针对这个毛病，我使用了土法，用泥土把灶内的上膀尖抹成了偏圆形，与烟囱口形成喇叭状。经过点火试验，完全成功，不大一会儿，锅炉的水沸腾起来，观者无不叫好。

小锅炉修好以后，又引来了新的任务——前纺车间地下暖气洞也不好用，每逢点火就到处冒烟，连烧火的工人也呛得站不住脚。经过我的检查，都是因为烟不顺造成的。前纺车间地下的过火洞有障碍，设在房后的烟囱问题更严重。烟囱通常是下粗上细的圆筒形，可房后边这个烟囱是方塔形，虽然表面显示下大上小，实际上是每收缩一节，烟囱内就缩进半个砖，整个烟囱有五六节都是向内缩进半砖，使整个烟囱成了倒装的台阶，使烟气步步受顶，节节碰头，根本达不到烟气畅通，自然形成到处返烟，炉灶内的火苗也旺盛不起来。

经过我跟靠边站的诸位伙伴一齐动手，把烟囱修改以后，宿舍里的暖气增强了，屋内的空气也没有熏人的煤烟混杂了。

修好锅炉和暖气洞以后，接着我又带领诸位伙伴为厂里盖起几间职工新宿舍。事后我想，要不是年轻时在家学习了点瓦工技术，怎么会在此时此地显示这点技能呢！再说，我要不是戴上"走资派"的高帽子，哪能有演出这场戏的机会！真是无巧不成书，历史上难得的奇闻呀！

读完父亲的这篇回忆录，更觉这顶高帽子不一般了。

后来，我把这顶高帽子拿给一个文物收藏家看。他一眼就看上了，硬要出十万元高价收购，并说，这可能是"文革"留下的唯一的一顶高帽子。

街上流行长檐帽

在冀南市，戴长檐帽成了时尚，且帽檐越来越长，从开始的十公分长到二十公分、三十公分，看来还有再长的趋势。

这年头不定流行什么呢。像留长头发、大胡子、染黄毛……多半时髦的盛行从青年人开始。然而，这次流行戴长檐帽却是源自一位老同志。

这个老同志不是别人，是退休老市长赫冬民。

作为晚报新闻记者，听到这个消息，我便采访了他。赫市长是军人出身，性格开朗，回答问题像竹筒里倒豆子——利利索索的。

说他退下来后，在家里好好休息了一个月，越休越觉得没意思，就到街上转转。这一转转出了问题：他当了两届十年市长，突然感觉这个城市十分陌生，陌生得连熟人也不认识他了。他主动向人家打招呼，有的人装不认识，不理他。有的见了，马上转过头，像避瘟神似的，弄得他十分尴尬。

思来想去，他决定做一顶长檐帽遮住脸，以免别人认出他。这一招果然奏效，无论走在街上，还是在商场，他就像民间传说中带着"隐身草"，再无人见到他了。不少退休干部来找他，向他诉说苦衷，骂人心不古、世态炎凉，他就拿出长檐帽向人炫耀。于是，有不少人请求他帮着定做一顶。

赫冬民在长檐帽上似乎找到了商机。他先试着定做了一百顶，拿到老干部活动中心推销，被一抢而空。他计算了一下冀南市近年退休下来的老干部，少说有几千名，于是一下定做了五千顶。他把这些帽子装到三轮车上，到各家属院推销，到早市上叫卖，还唱着自编的顺口溜："长檐帽，呱呱叫，遮风遮雨遮烦恼；退休同志买一顶，保你无忧心情好。"

开始，他还戴着长檐帽做广告，后来干脆摘了下来。不少人看到昔日的市长，不拿一点架子同自己一道做买卖，感到十分亲切。青年人也纷纷买一顶戴在头上。

在卖长檐帽的过程中，赫冬民悟透了从政与从商相似的道理。再有退休老干部向他诉苦，骂世态炎凉的时候，他就给他们讲成语典故"市道之交"。

说，春秋战国时期，赵孝成王中了秦国的离间计，罢了廉颇的官，改用纸上谈兵的赵括为将。廉颇在未被罢官之前，来拜访和奉承他的人很多，罢官之后，这些人都不来了。等到了廉颇再度为将时，这些人又厚着脸皮前来恭贺。廉颇是个正直的人，很看不惯这些市侩之徒，便下了逐客令。其中一个见此情景，便赔着笑脸说："廉将军啊，其实朋友之交和市场上做买卖差不多，你有利可图，他们便纷纷而来，你无利可图，他们便相继而去，这是很平常的道理，您又何必怨恨和发火呢？"

讲完这个故事，大家都拍手称快。

当长檐帽在冀南市流行的时候，赫冬民已不再戴了。他剃了个光头四处游走，走到哪里都有热情的人向他打招呼——他似乎找到了退休后的自身价值。又过了些日子，他头上多了一顶和尚帽。他在想，明年不知市上是否能流行这种帽子呢？

三爷老善的

　　三爷过世都 40 多年了，可俺村里知道他的老人们，仍然记着他。冬天在南墙根儿晒太阳，就情不自禁说叨他，讲他的故事，最后总忘不了做一个结论：好人呀，老善的！

　　从我记事起，奶奶提到最多的也是三爷。奶奶说，老爷爷得重病后，提出分家时，弟兄三个分到的都是一样的 5 亩薄地，3 间平房。可没过几年，就发生了巨大变化。我爷爷是老大，分家后没人管了，就抽起了大烟，没多久就把地挥霍干了。这时，村里一个富家坟里的人头被盗，有人怀疑是我爷爷干的。此时老爷爷已去世，老奶奶怕招惹是非，就给爷爷卷了个铺盖卷儿，让他闯山西走了，从此一去无回。爷爷走后，奶奶就带着我 8 岁的父亲，靠给街坊邻居缝补穷度日子。二爷分家后也不正干，迷上了赌博，分家第二年，那 5 亩地和 3 间房就归了他人。二奶奶一气之下上了吊，只有 6 岁的儿子，就由老奶奶养着。唯有三爷走的是正道，他吃斋念佛，勤俭持家，还常常抱着一本本线装书研读，说书乃良药，可以医愚。随即，他的家产、地产就像气儿吹的似的，打着滚儿向前发展。临解放时，他已建成了三道院的宅子，土地有了 200 多亩，并且配有三辆大车，十匹骡马。平时，家里常住着四个长工，忙时再雇几个短工。小日子过得暄暄腾腾，人见人羡。

　　日子富了，三爷还是老样子，从不摆谱。还是过去的老衣着，见人先带三分笑。吃饭还是很俭省，黄窝头稀糊饭，外加一块老咸菜。有时改善生活，吃个白面玉米面掺和的花卷儿，就知足了。菜上面，最多再加个咸鸡蛋。一个咸鸡蛋也常常舍不得一顿吃完，用席篓绷着吃两顿。一家人的吃食，也是粗茶淡饭，简单得不能再简单，逢年过节才见荤。然而，他对长工却很大方，顿顿见荤，而且多是白米饭白面馒头。为此，家里人很有意见，说他胳膊肘子往外拐。他听后，就大发雷霆，说长工们一年四季在地里忙活，热就热死，冷就冷死，累就累死，一滴汗珠掉下来摔八瓣，才换来年年好收成。不对人家好，良心不是叫狗吃了？那还算人吗！

每到年底，三爷尤其不吝啬银元，大把大把地发给长工们，换回他们一张张满意的笑脸。

三爷家业大发展了，却福兮祸所伏，时代发生了大转折。土改时，他利利索索戴上了一顶地主的帽子。我家因爷爷的不成器，划成了下中农成分。那时老奶奶已过世，二爷的儿子从小给三爷家当长工，划成了贫农。

奶奶每回念叨到这儿，就叹声连连。在我长大懂事的时候，才理解了奶奶叹息里包含的内容：有对爷爷的怨恨，有对二爷的轻看，更有对三爷的褒奖，还有对时世的不理解。

我爷爷一走，自然没什么故事了。二爷的儿子给三爷当长工，虽然名儿不好听，却得到不少实惠。你想，三爷对其他长工都那么好，对亲侄儿还能赖了？二爷的儿子让三爷给养成了个棒小伙，土改时分到了土地，又分到了房，娶了个媳妇就安安生生过日子去了，也没什么话可说了。只有三爷成了三乡五里的"名人"，时时被人没完没了地说道。

土改时，三爷的家产土地全部被没收了，三爷和三奶奶仍回到了分家时的三间平房里。当年，在三爷家当长工的大贵当上了土改工作队队长。批斗三爷的那天晚上可热闹哩，大贵气得连舞台上的汽灯都被打碎了。之后，便是他一边控诉三爷的剥削罪行，一边是皮带抽打三爷的声音和三爷惨叫的声音。事后，三爷半个月没出屋门。村里人的唾沫几乎淹死大贵，说他恩将仇报，坏了良心，翻脸不认人，不该如此对待一个善人。奶奶不放心，晚上偷偷到三爷家看三爷，三爷正守着煤火炖母鸡哩，身上连个伤毛都没有。奶奶问他是怎么回事，三爷就口口声声夸赞大贵，说他是个好心人，运动来了谁也挡不住，那天斗他是做戏给上边来的人看哩，一晚上打坏了两个椅垫子。奶奶临走，三爷对她说，出门可不敢乱讲。

奶奶紧绷的一颗心才松了下来。

　　新中国成立以后，一个运动跟着一个运动。虽然有大贵明里暗里保着，三爷还是吃了不少苦头。运动一来，他就成了靶子，让人没头没脑地往身上泼脏水倒垃圾。运动过了，他还没完，每天早晨挥把大扫帚，同其他四类分子一块儿扫大街。儿女也被地主帽子压得常年喘不过气来。儿子都30多岁了还成不了家，三爷就劝说如花似玉的女儿嫁给个瘸子，换回瘸子妹妹做了儿子的媳妇。着实窝憋了闺女！

　　躲过初一，躲不过十五，三爷到底没能躲过"文化大革命"。"文革"一来，人们都患了疟疾似的，浑身上下不是发冷，就是发烧。大贵的儿子解放在县城读书，成了造反司令，带着一伙红卫兵杀回家乡闹革命，当晚，就把三爷揪上了批斗台。尽管大贵一再向儿子说三爷是个好人，让他手下留情，解放才不听爹的呢！批斗三爷时，不但没打椅垫子，而是用蘸过水拧成麻花的绳子，一下一下打在一个年近花甲的老人身上。没下来批斗台，三爷就归西了。

　　为此，大贵与儿子断绝了父子关系，说儿子不是他的种儿，今后不得好死。解放骂大贵十足的政治糊涂蛋，阶级斗争观念不强，阶级阵线不分，白白当了多年村干部。

　　按说三爷走了，就算画上了人生句号，可他却在人们心目中，划了个大大的惊叹号。

母亲·儿子·狗

　　母亲到了古稀之年，人越来越邋遢，面容越来越憔悴，可脾气却越来越大。她像其他老年人一样，不但爱唠叨，而且还爱摆出一副长者的架子，训人，指责人，甚至骂人。虚荣心也极强，希望别人夸她赞她，说她能干，说她漂亮，说她办事利落。其实，一个快进棺材的老妈子了，还有哪点可夸赞的呢？

　　她年轻时，的确是这一带有名的美人儿，且能干，开通，赢得了不少声誉。然而，几十年后，人老珠黄，今非昔比了。

　　她只有一个儿子。儿子又极孝，她想吃什么，就做什么，她想穿什么，就买什么，然而却有个怪脾气，从来不迎合母亲。尤其母亲患了多种疾病之后，对她更加严厉，动不动就对她说："妈，您的肝炎病该检查一下了。""您的心脏病要多加小心，有冠心病的人时时刻刻都有危险呢！"要不就"我给您买的救心药，为什么不按时吃？不遵医嘱是不行的！"

　　此时，她就发火，暴跳如雷："我没有病！什么药也不需要吃！"

　　儿子不语，过后，仍然批评她。

　　她就又发火，骂儿子"不是个东西"。

　　邻居看不下去了，劝她："你儿也是好意呢！"

　　她哼一声："屁个好意！"

　　邻居就劝儿子："什么叫孝顺？就是既孝又顺呢！"

　　儿子说："顺着她，就害了她。"

　　邻居说："那也不行。古人总结出的'孝顺'是有道理的。"

道理归道理，儿子终究做不到，因为他太爱母亲了。他不希望母亲把身体弄垮，早早去见阎王爷。

母亲不吃药，不去医院看病，他就不高兴，就给她脸色看，就叫来小车，硬拉她见医生。

她就再次发火，跳下车，不跟他走。

终于有一天，她受不了儿子的管束，把他骂出了门，让他"永远滚出这个家"。

儿子流着眼泪望着母亲。母亲在气头上，不好再顶，那样更会伤她身子。

他只好暂且离开了她。

儿子走后，煞是寂寞。恰在这时跑来一条狗，那狗在她面前摇头摆尾，一会儿闻闻她的裤角，一会儿舔舔她的脚面，使她心里甜滋滋，痒乎乎的。母亲心里极欢喜，后来，就买下了这条狗。

有一条狗陪伴，日子过得很舒心。于是，她就买回许多肉和排骨，让狗吃。得到主人恩宠的狗，更是处处讨她欢喜。慢慢地，母亲对狗的感情超过了儿子。

不受人责怪的日子，是令人愉快的。

有时，她看到邻居背后指指戳戳的，心里就说：狗拿耗子，多管闲事。

有一条忠于她的狗，就什么都有了。

儿子虽然离开了家，却时时对母亲不放心。他常常偷偷地躲在一个地方，看看母亲迈着蹒跚的步子，领着一条狗向太阳落山的地方走去，心里就非常难受。

好固执的母亲呀！这样下去，终有一天，她会提前走到太阳下面的。

儿子眼里便涌出一串热泪……

火　葬

"村民同志们，为了把我村早日建成小康村，移风易俗打倒旧习惯，今接到上级通知，从十月一日起，凡是过世的老人，一律实行火葬……"

快收玉米的时候，客家湾村长在喇叭里广播了这一消息。这消息对村里老年人来说，无疑像当年美国给科索沃投掷飞毛腿导弹，给了他们致命的打击。几个古稀老人再在村头老槐树下相聚，说的就都是与火葬有关的话：

"好端端的一个人，硬是烧成灰，这叫什么事儿！"

"听说火葬人可难受呢！那死尸在火葬炉里被烧得抽筋，坐起来躺下，躺下坐起来……"

"我们山里有的是土地，哪个山旮旯里不能埋死人？为什么偏要把人烧了！"

……

老哥们在议论这事时，就边说边看族长客焕朝的脸。老族长无论从年龄和辈分都是最有资格的人。他是清末村里最后一个秀才，如今已经九十挂零了。刚解放那阵还当过小学教师。如今的村长又是他的三儿子，今后这事如何办，他是个榜样呢！

当人们用征询的目光看他时，他就眯缝着眼睛不言声，他在静听着大家言谈。听罢，就两眼怔怔地一言不发。然后，就拖着蹒跚的步子往家里走，走得比任何时候都慢，好似小腿里灌了铅。

第二天，老槐树下唯独不见老族长的身影！

第三天，老槐树下还是没有他，等得几个老哥们好心焦。

……

十天后，村长在喇叭里宣布了一个令人吃惊的消息，他父亲去世了。

于是，几个老哥们就集体买了烧纸来为老族长送葬。在老族长的灵前，他们哭得好伤心："你一拍屁股走了，就不管我们啦！"

村长边哭边拍得棺材啪啪响："一个火葬，为什么就想不通，提前走呢？！"

老族长的葬礼搞得很隆重，棺材是被称为"四独"（四块尺余厚的木板）柏木寿材合成。灵棚搭得有史以来最漂亮。埋葬那天，大班响器吹了一天一夜。这在杏家湾来说，空前绝后。

这是杏家湾最后一个土葬的人。

几个老哥们再在老槐树下相聚，就一边叹息一边"咬"耳朵："老族长死的惨呢，没见他的脸是酱紫色。说是死前把一瓶乐果（农药）都喝进了肚里！"

"喝的好，起码不受火葬之苦呀！"

……

他们品评着。有的也想效仿老族长，可是……

此日，便是十月一日了！

灰 蝴 蝶

山妞出生时，她娘听到了喜鹊叫。娘心里说："俺妞将来命不孬。"她爹却听到了乌鸦叫。爹叹息："一个山妞儿，日后不定遇啥大难哩！"

山妞大号叫梁鹰，那意思是说她长大好像鹰一样飞出山窝窝，给世世代代居住在深山里的祖辈们脸上写一笔光荣史。

山妞从小爱读书。那是娘一再教导的结果："妞儿，要爬出山旮旯儿，不当受苦人，就得好生念书。听说，能当大学生，就能农转飞（非），吃商品粮，找城里拿工资的女婿。"

山妞懂得娘的心愿，上学十二分用功。因她的功课好，从小学到中学，一直当班长，胳膊上戴三道杠儿。

她常常心里甜甜的，像喝了蜜。

她憧憬着未来，憧憬着希望。

一日，她看到一幅外国幽默画，叫《书为桥》，画的是从农村到城市中间有条河，河上的小桥是用书搭成的。一个农村娃踏着书桥，从农村走到了城市。

山妞笑了。

从此，她学习更加努力。

中学毕业考试全校第一名。

希望就在眼前，高考时，她是心里唱着歌儿走进考场的。为了讨吉利，娘特意给她煮了一百个鸡蛋，煮热后又用红颜色染了。娘希望她红红火火考满分。

报考志愿的栏目里，她不假思索地填上了北大、清华。她要上全国第一流的大学。

考完试，她感觉良好。她有把握考上。

然而，别的不如她的同学收到了录取通知书，她却毫无消息。她坐不住了，到城里教委打问。人家冷冰冰扔出一句话："耐心等待吧！"

她躺在山屋里睡不着觉，也吃不进饭了。一个星期，人就瘦了一圈。娘劝她："好妞，别急，再等几天吧！"爹一个劲抽烟，出粗气："现时啥都兴走门子，俺妞不会让有门子的人给顶了吧！"

山妞眼里泪珠立时像小溪一样流了出来。

又过了一个星期，仍无消息。

山妞绝望了。

第二天她拿条绳子，说是上山打柴。一条绳儿系在脖子上，在回头崖上垂下一个巨大的惊叹号。

山崖上败了一朵山丹丹花！

办完山妞丧事第二天，邮差进山了，摇着铃铛震天地喊："有梁鹰的信！"娘接过来，是北大录取通知书。娘立时傻了！

爹扶着娘拿着通知书来到山妞坟上。娘一句："好命苦的妞呀！"就昏死过去了。爹将通知书当纸钱焚了。

一只灰蝴蝶在山妞坟上久久飞舞！

暖水袋·痒痒筢·灯光

当老宝子卖过四群羊，存款折上的款向五位数迈进的时候，他感到心里有一种莫名其妙的骚动。

晚上看罢电视，躺在儿子给盘的热火炕上，睡不着觉。老伴儿在三十年前就去世了，三十年来，他拉扯着大的，拽着小的，既当爹又当娘，骨骨碌碌打仗似的总算过来了。现在突然感到被窝里空落落的。

他便一个劲地瞅后窗户。后院的灯光贼亮贼亮的，正射在他的窗上。那是王寡妇在屋里干活的灯光。他瞅一阵想一阵，就想把心里的"小九九"告诉儿子。再一想，不妥。万一儿子不同意，让自己多脸长。不如先向儿子探探底。

第二天他就对儿子春生说："我晚上老觉着冷哩！"

春生说："火炕不热？"

他说："热。可我觉着心里冷。心一冷，就老是暖不热被窝。"

"要不我给您买个暖水袋。"

老宝子不吭声。

果然，过一天，儿子拿回个暖水袋，晚上倒上开水送给老宝子，并问他暖不暖！

老宝子将暖水袋放进被窝，苦笑一声："暖是暖，就是暖热了后心，暖不热前心。"春生说："要不，就再买一个。"老宝子瞅着儿子无话可说。隔一日，春生真的又买回一个，弄得老宝子哭笑不得。有两只暖水袋伺候，还能说什么呢？

当儿子再问他时，他又说："暖是暖了，只是夜里老觉得脊梁上痒得慌，自己挠又够不着。要是有个人挠痒，该多好呀！"

春生马上说："那我给您买个痒痒筢吧！"

说到做到，次日，一个崭新的痒痒筢就送到老宝子手上。

老宝子长叹一声："唉！要不报上说理解万岁哩，连亲儿子都不理解你哩，连亲儿子都不理解你哩！"

从此，老宝子再不给儿子说什么啦！

"爹，夜里还冷吗？"儿子问。

"不冷啦，暖得很。"老宝子答。

"脊梁上还痒吗？"

"不痒了，痒了有痒痒筢呢！"

忽一日，春生来找爹商量一件大事情，说有人给孙子小山说亲，想听听他的意见。老宝子说："有啥意见哩，说就说吧！"春生一定要听他的意见，老宝子便火了："真让我说意见，我就直说，一个毛腌孩子，说什么亲呢？夜里冷了，你就给他买个暖水袋，脊梁上痒了，也给他买个痒痒筢嘛……"

春生听着爹的话，怔怔的，傻了似的。

每天晚上，老宝子躺在床上仍然瞅后窗上的灯光。那王寡妇也许在灯光下纳鞋底吧！老宝子想。

木　鸡

老同学穆跻，外号"木鸡"。上中学时，就整天傻乎乎的，似不通人情事理。然而，一到年终考试，他准拿第一。若不是"文革"耽误，他不是"北大"就是"清华"生。

走向社会一晃就是几十年。新世纪之初，老同学聚会，方知穆跻是四两白面放了半斤发酵粉——大发了，仅固定资产价值就数千万元。目前，正在筹建一个大型跨国公司。

聚会是在一个有名的大酒店进行的。当官的同学坐着"红旗"来了；当大款的同学坐着"奔驰"来了；在军界的同学也坐着高级军车来了；多数同学是骑自行车或打的来的。人们猜测，穆跻不坐"林肯"，也得坐"凯迪拉克"。可是，一等二等却不见他的车影。

当年的学生领袖，今日 H 公司总务处长赵国杰向大家一一介绍有头有脸的同学时，方在一个旮旯里找到了穆跻。他是骑一辆旧自行车悄悄进来的。

看到他，老同学的目光，便像开了电门的聚光灯，一下子全亮了，束束光射向他。他是主角，这台戏由他来主演。学生领袖赵国杰把大家招来，主要是让穆跻介绍致富经验，然后带领老同学们迈向新时代。

几十年风雨，穆跻似乎无多大变化。脸还是那张傻乎乎的脸，眼睛还是那双似永远也睡不醒的小眼睛。除了肚子微腆，眉宇间爬出几条皱纹，活脱脱一个当年的小"木鸡"。

向钱看的年代，人人都想发财。此时，已有人坐不住了，迫不及待希望穆跻送给每人一把发财的金钥匙。

穆跻看看这个，望望那个，不住地摇头。许久，方道："要说发财，我应十二分感谢老同学。当年，大家送我一个'木鸡'的外号，不想这外号就是一把金钥匙呢！"

他的话，把大家说得迷三倒四。有人不耐烦了，吼道："别卖关子了，说点正题吧！"

穆跻不慌不忙，掏出一包香烟，一边向大家散发，一边道："这不是卖关子，这是实话。我想，当你真正理解了'木鸡'这个词的意义，你一准也是我今天这个样子了，或者比我更强。"

接着，穆跻向大家讲述了一个关于"木鸡"的故事——

古时候，有个皇帝酷爱斗鸡，可是却屡屡斗败，弄得他饭吃不香，觉睡不好，甚至连朝政也不关心了。这时，有个大臣向他推荐了一个训鸡高手，说经他训出的鸡百战百胜。于是，皇帝就重金把训鸡人聘了来。

训鸡人只挑了只一般的公鸡，就开始训教。

一个月后，皇帝问他："训得如何了？"训鸡人答："不行。鸡一上场，慌慌张张的，绝对不行！"

两个月后，皇帝又问他："训得怎样了？"训鸡人答："还是不行，鸡一上场，虽不太慌张了，但左顾右盼，不沉稳。"

三个月后，皇帝又问他："现在怎样了？"训鸡人答："差不多了，已训得呆若木鸡，可以战斗了。"

于是，皇帝招来邻国斗鸡者，准备战斗。

皇帝把他的鸡放入斗鸡场，只见他的鸡站在邻国的鸡前，两腿如松，两目微睁，两翅虽抿，却露雄风。前来争斗的鸡，一望便浑身发抖，左顾右盼，慌慌张张。两鸡相斗，三下五除二，皇帝的鸡便获大胜。

穆跻的故事讲完了，多数人陷入了沉思。却有人不解，小声咕哝："啥球意思！"

穆跻高声说："我真希望把这个成语故事送给每个人。时代在前进，一切竞争都很残酷！"

大年初一吃乳猪

这是发生在邻居家的一个故事。故事主人公叫甄美丽，名美，命运却不怎么美。刚死了丈夫不久，她又成了下岗女工，守着一个上中学的女儿，今后的日子可怎么过呀？这不，眼看春节就要到了，家家都在办年货，她们娘俩却在抹眼泪儿。

有人给美丽出主意，说趁过年儿，给就业办胡主任送份礼，说不定过罢年就会安排份工作呢！

抹完眼泪，美丽就决定让女儿陪着，到超市看看，买点什么礼品。

走了几个市场，女儿看中一盒乳猪，说这稀罕些，价钱也拿得起，二百五十元一盒。美丽就点了头。

这本是过年的全部费用，买了乳猪，过年就得另想办法了！

走出超市，女儿拎着乳猪，美丽看着盒子上的价钱标签，怎么看怎么不顺眼。"二百五"，在当地是个骂人的字眼。美丽心里说，是自己"二百五"呢，还是把东西送给"二百五"？！再说，上面的标价也不高，听人说，如今给领导送礼，几百元的东西，根本不算什么，你送这点东西，是否会让人家说自己小气呢？于是，她一把把标签扯了下来。

女儿忙问："妈，你这是干什么？"

美丽把她的想法告诉女儿，女儿仍摇头："你没看标签上还标着产品出厂时间吗？"

美丽说："那怎么办？"

女儿说："再贴上。"

美丽只好按女儿的意见办。费了半天工夫，也没贴好，只是凑合着连在盒上。

礼品送到胡主任家，胡主任夫妻客气了一番，又是让座，又是泡茶。然后，胡主任就谈起了他工作的难处，说下岗工人越来越多，工作岗位越来越少。不过，她的事他心里已记下了！

记下了就好，记下了就有希望！美丽和女儿像做贼似的，急忙离开胡主任家。一出门，美丽踩着了女儿的脚，女儿"哎哟"一声，忙蹲下来系鞋带。

此刻，从门里传出对话声：

"乳猪？正好春节尝个鲜。"

"怎么标签是换过的？该不是过时的东西吧！"

"那可不能随便吃，万一吃出个三长两短，就麻烦大啦！"

……

美丽和女儿刚走下楼，就听到垃圾箱里"咚"的一声响，吓了她们一跳，垃圾箱门也被撞开了。一看，果然是她们的礼品，盒子也摔破了！

美丽的脸立刻白得吓人。

女儿沉思片刻，说："看来，这乳猪只有我们自己享用啦！"

美丽已是泪流满面。

……

大年初一，家家鞭炮声响成一片，美丽家却没有放鞭炮。

女儿把做好的乳猪端上来："妈，吃吧，咱也过年哩！"

美丽夹起一块肉，放进女儿碗里："趁热儿。唉！过年。"

女儿也夹起一块，放进美丽碗里："妈，一块儿吃。"

"嗯，我吃，都吃！"美丽虽这样说着，却不把肉放进嘴里。她吃不下哩！过年是应该吃饺子的，却吃起了乳猪。乳猪是穷人吃的吗？吃完乳猪，再吃什么，喝西北风？

想到此，泪水又涌出眼眶。女儿也"哇"的一声哭了起来。母女俩哭作一团……

第六场电影看过之后

章一某成了海内外知名导演后，关注他的新闻媒体就越来越多。然而，章导演却是个不愿接受记者采访的"孤僻"人。用他的话说，喜欢吃鸡蛋的人，你就只管吃就是了！为什么偏要问是哪只母鸡下的，还要问是怎么下的呢？

所以，不少记者都吃了他的闭门羹。

忽一日，又一记者造访。记者是个漂亮的小女子，又是第一次采访这样的大名人，她紧张得一个劲儿出虚汗，脸庞憋得像个下不出蛋的小母鸡。或许因此，章导演动了恻隐之心，破格接待了她。

小女子立刻高兴得手舞足蹈，擦一把脸上的汗水，一下子就提出了十多个问题。章导演思忖片刻，只回答了她的第二个问题：你是什么时候萌生当导演的念头的？

章导演出生在太行深处的一个小山村里，从小就爱看电影。那时村里极穷，一个劳动日才合八分钱，邮一封信，买了邮票，没买信封信纸的钱。村里掏钱演电影，那是天大的奢侈，三年五载难逢一次。偶尔，遇个什么节日，公社挨村送电影，他就一个村赶一个村地看，一部电影看了十多遍，他都看不够。不知从什么时候开始，村里死了老人就放电影。死个人虽只放一场，却带来了无限欢乐。一时间，人把看电影寄托到死人身上。经常有人死还好，有时一年不死一个，社员们就一年看不上电影。

有一次，小章和小伙伴们背着书包去公社上高小，走到村头，看到六个老头、老太婆在墙旮旯晒太阳。一个调皮学生就指着老人们数："一场电影、两场电影、三场电影……"

老人们听出了孩子们的弦外之音，就纷纷掂着拐棍边撺边骂："谁家的小兔崽子，还不赶快去上学，在这儿咒俺们死！"

小家伙们边跑边叫："就是要看电影！"跑得没影儿了，还甩出一句："明天先看谁的？"

果然，第二天就有一位老人归西，小家伙们就如愿以偿看了一场电影。

这一年的冬天特别冷，缺吃少穿的山村，就先后有三个老人去世。于是，村上就又演了三场电影。尽管是冰天雪地的，可小家伙们一个都不少，他们看得津津有味，甚至连电影主人公的台词都记下了。

看完这三场电影，孩子们都明白，还剩下两场电影哩！他们一个个在心里问：是早看了好呢？还是晚看了好？

当又一个老人过世，正好他们去县城考试，没赶上看这场电影，一个个惋惜得要死要活。他们幼小的心灵里就萌生了一个念头：如果我们也能拍电影该多好呀！

第六场电影看的是章家家族一个八十岁老奶奶的。老奶奶过世正在春节间，她的死为村里带来了空前的欢乐。按村俗，老丧是喜丧，所以就演了卓别林的喜剧片。山村一下子成了欢乐的海洋。

饺子吃过，电影演罢，春节过完，日子似从高峰跌入深谷，山村寂寞得连狗都懒得叫一声。岁月好像凝固了！

随着人们生活条件不断改善，碗里除了多了油花，又多了肉。然而，精神生活却仍很贫乏，人们除了晚上男女那点事儿，什么娱乐活动都没有。山民们又一个个壮得牛似的，自然就没人死亡。没人死亡，就没有电影看。

尽管山外日月如梭，但山里仍然照射着沉重而缓慢的阳光。

说话小家伙们一个个长大了，他们要从初中升高中了。那年的考试作文题是：《我的志愿》，小章就第一次喊出了"长大了，我要当电影导演"的心声！

魔 镜 餐 馆

诗人刘瑞成下海开餐馆，开砸了，砸得一塌糊涂。自己家辛辛苦苦攒下的10 万元钱砸了进去，借亲朋好友的 5 万元也打了水漂儿。被砸懵的刘瑞成，就如不会游泳先下水的旱鸭子，一下子被水呛昏了。

沮丧中的刘瑞成不知下一步棋如何走，有人提议，让他找找点子公司，看能否帮他出个点子。刘瑞成就如绝望中抓住了一根救命稻草，风风火火地找到点子公司经理老郑。老郑叫郑力，虽年过花甲，却如不惑之年，精神抖擞，朝气蓬勃。不平凡的经历，除了为他留下许多人生的经验和教训，似乎没有别的痕迹。

老郑随他来到餐馆转了一圈，询问了一些经营情况，便说："一个礼拜后听我回话。"

回到公司后，老郑立即召集职员们出谋划策。于是，张点子、王点子、李点子、赵点子一同到会，会诊刘瑞成开砸餐馆的病症。张点子听了郑经理介绍的情况后，当即慷慨陈词："任何有建树的人，一定是个开拓精神很强的人，奉行的应该是'不可无一，不可有二'的原则。刘瑞成餐馆弄砸，归根结底是餐馆开得没特色，再加上没经验，除了失败，没有别的出路。给我几天时间，让我为他想个点子试试看。"

5 天后，张点子来到公司，没向郑经理讲点子，却先讲了他做的一个怪梦，梦见王母娘娘请他到天宫赴宴。来到天宫，只见四壁生辉，熠熠耀眼。各路神仙早已先到，他们正喝着仙酒、吃着佳肴、听着仙乐，好不快活。张点子找了个位置坐下，挤于神仙中间，也立刻变成神仙似的。正吃到高兴处，突然，孙悟空来拉他，叫他去看一面魔镜。他跟着悟空来到魔镜前一站，悟空说声：变！镜中出现一个婴儿，哇哇啼哭；悟空又说一声：变！镜中就现出一个英俊少年，似有些面熟；悟空再说一声：变！镜中竟是张点子现在的模样儿。原来，魔镜能现出一个人不同时期的不同形象。正当悟空问他要不要看到自己老年的形象时，闹钟铃响了，打断了他的梦。

张点子讲得眉飞色舞，郑经理听得喜上眉梢，不住地说："刘瑞成还是个诗人呢，他怎么就做不了如此充满诗意的梦呢！"

接着，张点子又和郑经理如此这般地谋划起刘瑞成的餐馆来。

在郑经理、张点子的指导下，餐馆进行了重新装修。地面铺花岗岩，墙壁和屋顶全镶张点子梦中的大魔镜（实为大型电脑屏幕）。装修好的餐馆，就如天上宫阙降落人间。

店名也由原来的"和平餐馆"改为"魔镜餐馆"。饭菜也不一般，不是根据中国宫廷名菜、名人烹饪，就是根据外国风味配菜制作，中西结合，价廉物美。

开张那天，电台、电视台播发了广告，报纸、刊物登载了开业新闻。白日，餐馆独特别致，令人流连；夜晚，霓虹灯闪烁，整个餐馆更充满诗情画意。

凡来餐馆就餐的人，有第一次，必有第二次、第三次。人们不仅能吃到美味佳肴，还能欣赏不同时期的自己，更能得到一种前所未有的精神享受。进得餐馆来，只要你将生辰八字输入电脑，"魔镜"里便将一幅幅您的优美形象送入您的眼帘。青年人在这里憧憬着美好的未来，坚定干一番大事业的决心；中年人在这里回味着过去，设计着未来，修正着方向；老年人在这里追忆走过的路，充分欣赏"满目青山夕照明"的人生美景。作家、艺术家在这里找到了灵感；企业家在这儿受到了启迪……

刘瑞成一举成功，餐馆红火，诗情也大发，不到一个月就写出一本诗集。成功后，刘瑞成自然没有忘记点子公司，不但按合同送去两万元的咨询费，还送去一面"金点子无价"的锦旗。

郑经理和张点子看着，两个人的面庞笑成了两朵盛开的菊花儿！

真 假 花 椒

　　贾老板开饭店，是纳鞋不用锥子——针（真）行！

　　这句话成了 D 县城流传的一句歇后语。这歇后语有两层解释：贾老板姓贾名榛，人称"假实真"；他雇的厨师姓甄，名叫甄布佳，人称"真不假"；甄布佳儿子叫甄兴，当跑堂小伙计，不但对人热情，而且腿脚勤快，顾客就冲他连连夸奖：真行！

　　在假风横行，伪冒四溢的年代，贾老板硬是靠一个"实"字，打开了局面。他从不偷税漏税，用他的话说，国家兴亡，匹夫有责，绝不能干坑害国家的事。他更体谅顾客，用他的话说，顾客是上帝，对不起上帝，上帝怎能保佑我们。他奉行薄利多销的原则，主顾多是回头客。第一年，就亮出了好牌子；第二年，他由两间店铺扩大到四间；第三年，拆旧盖新竖起两层小楼。半斤白面放了八两酵头——大发了！

　　然而，真诚忠厚的贾老板的发财史，却是由他那次作假发端。

　　当他的买卖像上笼不久的馒头，刚刚冒出热气的时候，有一天，突然来了几个不速之客，听口音不像本地人。他们要了一桌子酒菜，价值上千元。从中午喝到下午，从下午又喝到晚上。小伙计甄兴对这伙特殊顾客早腻烦了，只是遵照贾老板的"实"字方针，不敢多言。要结账的时候，一个长得又高又大的汉子，把甄兴叫过去冷冷地说："把你们老板叫来，有要事相告！"

　　甄兴找来贾老板，大汉指着一个盘子里两个黑点愤怒地说："请老板辨认一下，那是两只什么？"

贾老板知道来了吃白饭的茬儿，但仍和颜悦色地说："先生息怒，有话好讲。让我看看是什么！"

大汉用力拍了一下桌子，吼道："别看了，我早替你看过了，是两只苍蝇。你是怎么开的饭店？这么不卫生！我们是到防疫站和消费者协会解决问题呢，还是私下解决？"

明摆着是这伙歹人做了手脚，想赖掉饭钱。贾老板急中生智，拿过两只苍蝇，装作细细辨认的样子，然后指着墙上的县卫生局颁发的"卫生模范"的牌子说："怎么可能呢？别说是冬天，就是夏天也没有苍蝇呀！是两粒花椒嘛！"顺手放进嘴里，嚼了几口，咽下肚里。

"顾客"们面面相觑。

大汉狂笑一阵儿，竖起大拇指："有种，佩服！祝你发大财。"随即付了钱，率领人马离店。

贾老板和颜悦色地送出大门，道："诸位走好！"

这一夜，贾老板就呕吐不止，几乎吐出肠子来。

此后，贾老板的生意骤然红火起来。

纪富强，男，山东作家协会会员，曾在《小小说选刊》《微型小说选刊》《山东文学》等报刊发表作品数百篇，并被多次转载和入选年度选本，部分被改编成电影、电视短剧、中央电视台文艺小品，曾被评为"全国最受中学生喜爱的小小说作家"、"最受读者喜爱的故事家百强"、"新世纪小小说风云人物榜·新36星座"；曾获新浪网"继续文学"中篇小说奖、全国微型小说新世纪征文大赛一等奖、首届齐鲁金盾文学奖、中国第五届侦探推理小说大赛全国最佳新人奖，2009年获冰心儿童图书奖。

纪富强卷

亲 情 传 呼

祥子的传呼机坏了，打电话给刘姐。刘姐热心地帮忙给换了一个，而且连号码也给换成了一串吉利数字"1198668"。

但是祥子没用多久，发现一个问题。每天天快要黑严的时候，他总会收到一两个陌生传呼，有时候会是两个不同的人打来，只留言，从不留下联系电话。

"你好吗？丹丹想你了。爱你的芳。"

"还没吃饭吧？我做了你最爱吃的板鸭。芳。"

"丹丹今天考了双百呢！我带她去了动物园，还照了相……流泪的芳。"

"知道吗？我下岗了，孩子寄放在母亲家，我打算去卖围巾丝袜了，跟你商量商量。芳。"

"昨天陪丹丹去 JUSCO 吃饭，钱包给坏人偷了，我又哭了一夜。芳。"

"今天是中秋节，小涓生了个大胖儿子，这下丹丹有伴儿了。芳"……

有时候，又是莫名的谴责。

"儿子，你真在深圳吗？快回来啊！"

"又有人上门催欠款了，小芳替你还了一些，你女儿想爹！"

"我身体越来越不中用了，我自己知道！你回来让我看上一眼，我就放心走！"……

祥子觉出了其中的蹊跷，那传呼先前一定是个出门在外、无暇顾家的人的。渐渐，祥子也就习惯了在傍晚时分接收这样的亲情传呼。但祥子越发觉得，这个男人是否太过无情？好像从来不回家，也很少与家人联络。也许是在外包养了情妇！祥子愤愤地想到。

不久，祥子在一次抓捕行动中表现出色而受到市局嘉奖。庆功会上又见刘姐，不等自己发问，刘姐先开口了："祥子，给你的传呼有什么不对劲儿吗？"

"你还说呢，图了一个吉利号码，浪费我多少电池！净收到一些没用的莫名其妙的东西！"

刘姐拍拍祥子的肩膀说："真是抱歉，百密一疏。那传呼号原来是二警区小宋用过的，最近去搞慰问，她妻子忽然提起来，我才想起来是临时给你用了……"

祥子的脸，腾地一下红到了脖根儿。原来是他！宋善勇！

小宋曾是县城二警区的合同制民警，在那次抓捕杀人解尸的罪犯沙峰义时，身中七刀，仍坚持搏斗……

庆功会开完，照例要吃顿会餐的。祥子红着双眼向队长请了假。

他用这次的奖金，买了玩具和水果径直走向善勇的家。

脑子里，不禁又升腾起那个雨夜，抓捕凶犯时的情景……

草 径 深 浅

这是个真实的故事。

他在大山里迷了路。天黑下来，他急得想哭。

下山的路却始终找不到，这可如何是好？难道要留在山上喂野狼虎豹不成？

他害怕得不得了，他心里惦记的人和事情太多了，他无论如何都想好好活着回去。

他开始后悔一个人单独来爬这么高的山了。暮色苍茫，茫茫林野，哪里才是回家的路呢？

也许是上天特意眷顾？转机竟豁然出现了！

就在他乱走一阵后，眼前奇迹般地浮现出一条下山的草路！他高兴地沿着草路飞跑起来，嘴中还哼起了流行歌曲儿。

不久，他停在一个岔路口处。有两条伸向不同方向的路摆在了他面前，究竟该走哪条路呢？如果走对了，也许很快就能下山回家；如果走错了，恐怕……

热汗淋漓的他似乎并没忘记开动脑筋，经过仔细观察，他发现：两条草路的宽窄深浅是不同的。

左边一条，被践踏的次数很多，草呈萎靡干枯状，路宽且深；右边一条则恰恰相反，径途中的草杂乱而又鲜茂。

十分明显，左边的路是有人常走的，右边的路是少有人经过的，要选择他当然选择往左边去！

暗夜中能有此发现和判断，他欣喜异常，连自己都有点佩服自己的冷静和沉稳了。于是，他又哼起歌继续一路飞奔。

五分钟后，他一脚踏空——"噗"的一声，摔成了一摊肉泥。

其实左边路所通往的，仅仅是一处深不可测的悬崖。

乡 下 一 夜

上路时，刘乃川说："到前面商店停一下，咱买点东西给沙尘暴。"

沙三坐在副驾驶上，攥住司机的手说："不停，不停，给他买个狗屁，他能请到你们，已经是祖坟上冒青烟了，可不敢！"

刘乃川还想坚持，但听到司机杀猪样地嚎起来。司机说："大哥你饶了我吧，不买就不买，你想把我腕子废了啊？"

沙三慌忙松开手，一边不停地道歉，一边催促司机快点开车。说完还不忘回过头来对刘乃川等人强调，今天五子没来，是在家杀羊呢，大锅全羊香啊，我每回吃都能咬到舌头！

说完，还真的伸出舌头来让众人看。

蓝馨夸张地叫起来，说："讨厌，沙尘暴龌龊，你比他还恶心。"

沙三就厚着脸笑，说："坏了，蓝老师把俺的舌头当成口条了。"

所有人就都笑趴了窝。

车子在午后的羊肠小道上扬起一路黄沙。

直到傍晚，车子才进村口。村里几十户人家的狗几乎同时叫起来，把夜幕叫得金星四冒。

车还没停稳，沙三便扯起破锣嗓子朝向村里直吼：五子！来啦！五子！一片小树林后的哪户人家立时有了回应。

紧接着，众人就看见又矮又结实的沙五踉跄着向他们跑来，与此同时被他挟裹而来的还有浓重的羊腥味儿。

蓝馨再次抗议说："搞什么嘛，沙尘暴，我不喜欢吃羊肉的。"沙五听了立即吩咐沙三："快去，把六家的狗牵过来！"

沙三半是犹豫，把脸望向蓝馨。蓝馨没再说什么，倒是刘乃川大声说："算了算了，城里不缺肉，吃点青菜就行！"

众人徐徐走进沙五家准备落座，忽然发现这个家几乎没有能坐的地方。房是盖了毡的草房，地板是又湿又松的泥土，一盏度数极低的灯泡让几位近视眼谁也看不清谁的脸。幸亏天不算凉，沙五就在天井里的羊肉大锅边支起了几张矮凳。

众人围成一圈，立即开始文学话题。刘乃川专门从腋下皮包里抽出一张16开的小报，还未打开便被沙五一把夺去，用眼上下来回地刨。然而沙五眼神很快黯淡下来。刘乃川觉出了不对，忙又从包里掏出几张，展开，这才微笑着递给沙五。

沙五眼睛登时放亮，随即就像被点了痴穴。刘乃川在一旁咳嗽了一声说："念出来嘛！"沙五就颤颤地念道：

对岸的秋天
作者：沙尘暴
对岸的秋天，
老牛的眼
最是你一滴金黄的泪，
掬起我满心的思念……

读完，沙五眼眶湿了。刘乃川问道："怎么样？我只做了稍许修改，这毕竟是你的处女作啊！"

沙五说："刘主编，我都激动得不会说话了。我终于在县报上发表作品了！在我们村，我可是第一个啊！"

蓝馨补充说："不止你们村，在你们乡，你也是第一个。"

沙五将眼睛久久地贴在报纸上，良久才醒转了高喊："老师们都饿了吧？快，他娘给老师们端羊肉！"

人们这才注意到墙角蹲着一个蓬头垢面的女人，飞快地站起来为众人舀羊肉。羊肉炖得稀烂了，众人狼吞虎咽。只有蓝馨委屈地问："有没有青菜？我不喜欢吃羊肉的。"

沙五立即吆喝女人去弄青菜，女人步子迈得慢了些，沙五就吼道："磨蹭啥，熊娘儿们家没见过世面！"这时沙三拖着死狗正好进门，女人大吃一惊问："三子你疯了？六家的看门狗你也敢动？"

沙三说："五子叫拖的。人家蓝老师不吃羊肉。"

沙五的喊声又响起来，三哥你快去剁了狗炖上，我去小八家提桶酒。这时候，刘乃川叫住了沙五，说："沙尘暴，我们反正要住下体验生活，先别忙。你也算是我县较有潜力的青年诗人了，现在报社经济方面比较困难，你看能不能给我们赞助几个？"

沙五说："我一定好好写诗，好好赞助。"蓝馨说："是叫你出几个钱支持报社。"沙五说："那要多少？先拿两千吧，我们看你也不容易。"众人附和说，这么苦的条件坚持创作，很不简单！

沙五说："那我试试，大不了先不给孩子看病了。"有人问："孩子咋了？"沙五说："肺结核，我没敢让他在家，送他姥姥家了。"刘乃川听了说："算了，这么困难，少拿点，一千？"沙五说："谢谢刘主编，我一定办！"

这夜众人喝了两桶白酒，吃光了半锅羊肉和大半锅狗肉，倒是后来端上的几碟蒜苗、炒辣椒、炒蒜瓣都剩下了。

喝大了的人们径直躺在沙五潮湿的通铺上，沙五将女人赶到别家，自个在床下烧炉子，他们热烈地讨论着诗歌的现状与未来。

下半夜，下起雨来。窗外电闪雷鸣，屋内呼噜声山呼海啸。沙五正在火炉边打着瞌睡，突然被冲进门来的沙三吓了个半死！

"快，五子！你老婆上了吊！"

沙三哑着嗓子吼："不过救得快，活过来了。"

沙五一时反应不及，上前扯住沙三，忽然又见他手腕上正往下流血。

沙五问："你的手是咋了？"

沙三一笑，露出满嘴的黄牙说："没事，那会儿杀狗时叫狗咬的。"

月光下的榆钱树

　　为了省钱，林是步行回村的。

　　十五公里山路，林一个人背着沉重的书本却健步如飞。

　　从一上路开始，那种久违的温暖的感觉就始终萦绕着林，让他步伐坚定有力，心情喜悦豪迈。

　　高考前，学习紧张，周末能回趟家可真奢侈。

　　林刚一迈进家门，就见爹在天井里呼呼啦啦地伐那棵粗壮的榆钱树。林顿觉大脑轰地一下蒙了，眼前金星四闪，脚下的步子踉跄凌乱，险些一头栽倒在地上。

　　林大声喊："爹！别！"晚了，榆树直挺挺地倒下来，顺带砸毁了一边空荡荡的鸡窝。

　　林的眼泪大颗大颗涌出，朦胧中再看蹲在地上的爹，爹的那双眼也红得吓人。

　　爹问："林，你回来了？我估摸着差不多也该回来了……快进屋歇歇吧。"林不解地质问："爹，你怎么把咱家的榆钱树伐了？它碍着咱们啥了？"爹不看林的脸，不接林的话，语气硬着说："你给我进屋！你娘在屋里摊煎饼哩。"

　　林不情愿地进屋，见了娘，吓了一大跳。才几个月不见，娘瘦得没有人形了。娘见林回来，抹把额上的汗，朝林笑笑，算是打过招呼，就又埋头忙活。

　　林把背包扔在床上，坐在漆黑的屋子里发起呆来。林的记忆让他更加忧伤了：从前，当林还是个孩子时，就非常喜欢爬树，尤其是院子里这棵榆钱树，不但给林的童年带来了无穷的快乐，还让林一家人在粮食匮乏的年代里度过了饥荒。那时候林还很有些顽皮，经常一放学回家，就跑到天井里跟这棵树搂搂抱抱亲热一番。林差不多就是跟榆钱树一同长大的。

稍后几年，日子好点了。林的两个姐姐还没出嫁，只是初步确定了人家。夏夜里，一家人不用抓蒲扇，只将院门轻轻一合，摊张清凉干爽的竹席在榆树下，五个人就可以轻松惬意地躺在上面尽情地嬉笑拉呱了。乡下的月亮似乎特别大，特别圆，水灵灵圆滚滚的招人喜欢。夜里清风徐来，月辉就抖颤颤地溅落一树，榆钱树上的叶子因啜饮了恬淡馨香的月光，而开始了欢欣快乐的舞蹈……

娘一直在树下讲着林爱听的山狐娶美的故事。姐姐们躺在一边让纷纭的心事氤氲弥散，往往，爹就在头顶精灵似的树叶哗啦哗啦地翻响时，心满意足地嗅着晾晒在院子里的麦粒芬芳，打起如山的鼾响……

有树的时候多美！有树的时候多好啊！

可是现在，爹竟亲手把树给伐了。把那棵亲人似的树拖走了！仔细想想，过去村子里茂密的树木现如今已经少得可怜了，难道爹也想做一个屠杀树木的“刽子手”吗？就不能把那棵陪伴了家人十多年的榆树留下吗？林实在很伤心，也想不通。

吃饭的时候，娘好几次问林念书学习吃力不，能跟上趟儿不？林见爹也抬着头巴巴地望着自己，就自信地实话实说：“还行，年级前三名。”娘听了就笑，但笑出来的模样却还不如不笑好看。爹听了很满意，也笑，将手心里的酒盅咂得极响。

临返校时，林对爹说：“这次回去，考试之前就不回家来了，考完了再回。”

爹送出大门，说：“考完了再回就是。”娘也说：“快了，快了，割完麦子就回家来了！”

林就低着头往庄外走。走了大半晌，拿水喝的时候，才发现，包里卷着把透着盐花的钱。林恍然大悟！一次次红透了眼圈，长久地回望着村庄，最后狠劲儿咬着干裂的嘴唇，甩开大步向学校跑去……

这一年，高考作文要求学生写篇人与大自然的故事，林腹稿都没打，开笔刷刷地写，将他生命里的那棵榆钱树第一次写在了纸上。

林考上了名牌大学。去学校报到后，在给爹的信里不忘说：“抽空儿咱家再种棵树吧？别空了院子。”爹没种，回信说：“树倒了就倒了，重要的是儿子起来了！”

林再回家，就见到满天井里奔走的是牲畜和家禽，早已没有种树的空儿了。

再五年，林在美国深造，接到爹的信："林，咱们村现在靠近县城的中心河，已响应号召搬迁了。原址被县里开发成了漂亮的水景公园。现在绿树成荫的地方，就有当年咱家的天井……"

异乡月下的树荫里，林的脸上一片欣喜，一片湿滑。

走　夜

"大妹子，一定要住下！别走夜路！"纪久成忧心忡忡地说完这句话，手搭凉棚，天边正有一堆黑云俯冲而来。

"不，大哥，俺走！"姑娘咕咚咕咚喝完三碗白开水，不改初衷。

"你走不了，天黑路滑，马上就要下大暴雨，你怎么走？"

"大哥你行行好，送俺？"姑娘眼里闪出一丝火花。

"不行，我得看粮！"纪久成一口回绝。

在他身后，是关东农场里累累的公粮。

姑娘弯下腰背起包袱，朝纪久成深深地鞠上一躬，转身就走。

"大妹子，还有三十多里路呢，不能走夜啊，有狼！"

"狼饿急了眼叼人哪！"

"你的鞋也全烂了！"

姑娘不答，兀自在茫茫的大草甸子上，走成一个黑点。

夜幕前的最后一点昏黄彻底湮灭了，半空中滚过几道闷雷。

纪久成一咬牙，抓起门后的门闩追出去，豆大的雨瓣开始噼噼啪啪地往下砸。

"大妹子！别走了，快回去！"纪久成扯住了姑娘的瘦肩，四周白花花的一片，什么都看不见。

姑娘劈手把门闩夺过去，大声吼了句什么，纪久成没听清，再去拉人时，门闩已经飞起来，重重地砍在半腰间。

纪久成哇哇地跳开，瞪大眼睛望着暴雨里疯癫的姑娘。那根门闩被她舞得像根榔头，轰轰作响。

回到住处，纪久成边烤炉火边撩开上衣，半腰那儿，紫红一片。纪久成连吸几口凉气，想想那姑娘，将一根木柴狠狠捅进炉膛。

湿漉漉的衣服经火一烤，散发出难闻的汗臭。纪久成忽然想起了姑娘那双破胶鞋，那双露着脚指头的破烂补丁袜子。

还有那张脸，地地道道的山东老乡脸，以及脸底下那段细长的脖子。虽然全是泥和汗，但泥汗遮不住的是大姑娘咄咄逼人的气息。

漆黑的眼珠、倔强的鼻梁、胸膛前那对圆鼓鼓乳房……

纪久成坐在炉子边发傻发愣，脑子里全是姑娘扑朔不定的影子。

"大哥，给口水喝……"

"大妹子，自己来的？你去找什么人？"

"找俺哥。"

"你哥叫什么名字？"

"周明。"

"你呢？"

"俺姓李……"

"大妹子，千万别走了，夜里有狼！"

"不了，俺走！"

……

一点火星飞溅上肚皮，噗地一响，纪久成从椅子上弹起来。他惶惶不安地走到屋门口，将门拉开一道小缝，立即就被暴雨冲了个花脸。

场院外传来几声驴叫，纪久成忽然一阵哆嗦！

三个月前，他一个人巡夜时，就见从草甸子南边奔过来两只毛茸茸的大家伙！农场里从不养狗，那俩家伙尾巴老粗还耷拉着，是狼！

纪久成与两狼对峙，精神快要崩溃时，抢起了手中的门闩，狼掉头猛冲进驴槽，随后就有驴子的惨叫划破长空，凄凉至极。

那两只大驴都被狼咬断了脖子。脖子一断，身体忽地一歪，骨头都被啃得支离破碎。

　　纪久成后背飕飕发凉，脑子里全是白天姑娘那根又细又长的脖子。一阵煞白的闪电划过，纪久成摘下席帽，低头冲进漫天的冷雨中。

　　这样的混账天气，恐怕盗粮贼也不走夜！

　　纪久成一气昏天暗地地狂奔，精疲力尽时天却忽然放晴了。纪久成拼力蹬上一个斜坡眺视远处，澄澈的夜空下有一棵孤零零的大树。

　　大树下依稀有个单薄的身影在动！

　　纪久成兴奋地叫着喊着奔过去，逐渐看清楚了，大树下的身影正是那个走夜的姑娘！

　　姑娘对纪久成的呼喊置若罔闻，兀自在大树下簌簌地忙着什么。

　　纪久成终于气力虚脱，一头栽进泥水里。纪久成在泥水里艰难地翻个身，眼睛自上而下倒看着前方那棵大树。大树下，姑娘站直了身子，将头慢慢地伸向半空。

　　纪久成爆发出一阵撕心裂肺的嚎叫！他看见姑娘的影子一下子荡起来，像半空里一只系住了脖子的布口袋。

　　纪久成连滚带爬地向前扑去，却被什么重重绊倒。纪久成低头仔细一看，竟是一根门闩和一只被打碎了脑壳的狼！

滚　鸡

　　说是滚鸡，其实滚的不是鸡，是一种本地人称作"草山鸡"的鸟儿。

　　天一立秋，那些家伙就成群结队、遮天盖日地朝着麻村南山扑落下来。而此时，以五奎为首的麻村人就开始坐在天井里拾掇鸡笼子了。

　　鸡笼当然是专为滚鸡用的。一色的嫩荆条编成，比一般鸟笼大，和 29 寸彩电外形差不多，正上方拴一个铁丝吊钩，吊钩两侧是两个用柳条扎成的竹筏样的小门。小门仰天朝上，只一头用草绳系了，利用杠杆原理在下方坠两块碎砖头，名曰：坠石。这样，两面柳条小门就布成了两个陷阱。

　　草山鸡这玩意儿，花花绿绿，伶伶俐俐，个头如拳，叫声清脆。一飞一大片，一落一大群。入秋时节来，过冬之前走，捉了来，用砍刀剁成碎肉，煎了，炒了，香味儿能飘散好几个山头。

　　草山鸡吃得挑剔，爱啄高大柿树上成熟的烘柿籽，也爱叼草棵里一种名叫滚珠的果子。滚珠藤像迎春，果子一结一簇，非常密集，一颗颗像坡里红透了的小草莓。如果哪年草山鸡来得早，树上的柿子尚未熟透，那这种红彤彤的滚珠就是草山鸡们最爱的美味了。

　　所以，五奎他们总喜欢采了滚珠系在鸡笼两面小门的内侧，专等草山鸡来啄。一旦它们扑扑啦啦从天而降，争先恐后地扑到笼门上来啄滚珠，那么两面小门就会"唰"地一声塌下去，将草山鸡们一个不剩地滚进笼子里！这时候，它们惊恐万状，欲再作挣扎顶撞，却已无济于事，因为小门早已因坠石的拉力关得严严实实了。

当然，麻村人五奎捉草山鸡还有很多种方法，比如用网拉、用盆扣、用枪打，但时间一长，它们就精了，上套儿的少了。

在麻村，五奎之所以是一个捉草山鸡的行家，原因是他脑子活，肯费心思琢磨，还舍得下工夫。五奎怎么捉呢？他通常在每年立秋之际，先用粘网拉住零星的几只草山鸡，再从这里面精选出一两只羽毛成旧砖墙色的，特别能跳、能叫的，当"鸟引子"。麻村人管这类鸟叫"护子"。这护子一旦进笼，就像浑身生了刺，躁动不安，蹿跳不停，叫声也格外响亮，往往刚把它们放进笼子，天上云彩厚的草山鸡就扇着翅膀扑下来了。甚至，五奎还试过，不在笼子上放滚珠，单靠护子引，就能惹得草山鸡成群成片地下来就擒。

不忙时，五奎老婆也会搭把手，帮五奎用长竹竿将鸡笼挑上高高的柿树。而五奎则躺在草棵子里一睡就是大半晌。暖暖的秋阳盖在身上，就像一层绵软的毛毯。

麻村有二百来户人家，按一半人家有鸡笼、家家十个算，那全村得有两千余个鸡笼子。如此一来，一整个秋天，麻村人要吃掉数以万计的草山鸡。

早几年，麻村人短菜。五奎家就专门拾掇了草山鸡腌起来，伺候客人。甚至乡里来了人，听说草山鸡口味一绝，都要由乡干部领着进村找五奎去。五奎的脸上就很风光，赶上时节了，他还会提起鸡笼子现去山上滚活的回来下酒。

就在去年，乡里突然来了通知，说让麻村人去乡政府领钱。村人欢天喜地地去了，一问，才知道，钱是某个日本协会出的。日本方面说草山鸡系稀有鸟类，是属于日本国的，每年秋天南飞途径麻村南山作短停觅食，请村民们不要捕杀。

五奎第一个扭头走了。有领了钱的，回村即被五奎骂了个狗血淋头。五奎点划着那些人的鼻尖吼：狗屁！谁说草山鸡是属于日本的？领钱不是背叛祖宗吗？！被骂者恍然大悟，赶紧回去退了钱。

转年立秋，大群村人扛着竹竿、提着鸡笼再奔南山时，猛然发现队伍里少了五奎的身影。五奎扯着沙哑的嗓子喊：连日本人都知道护鸟儿，咱还不懂吗？现在日子好了，眼看草山鸡也一年比一年少了，行行好，都回去把笼子挂起来，让它们安心在这儿安家落户吧！

村人哑然。年尾村委改选，五奎竟没费一枪一弹顺利当选。

五奎干村长，一改往日的邋遢懒散，而是作风正派、雷厉风行，切实尽力为村里干了不少实实在在的好事。走村串户的五奎，还有个经常爱到村人闲置的西屋里转转瞅瞅的习惯，一边指点着那些个蒙了厚尘的鸡笼，一边感叹着说：摘下来擦擦吧，扎这玩意儿不易，留着以后哄孩子玩儿嘛！

扫　荒

　　扫荒说白了就是逮蚂蚱。逮蚂蚱为何不叫逮蚂蚱而叫扫荒呢？这还得从麻村南坡疯长的油草说起。

　　麻村南坡，地势平缓，光照十足，每年遍地长起一种能漫人腰际的荒草，也叫油草。这种草秆细枝蔓，生得繁茂，长得密集，根茎浑黄饱满，又耐干旱、活力足，像能榨出黄油来的作物似的。麻村人最喜欢割了油草烧火做饭，旺啊！当然最神的，还是油草能"招"蚂蚱。

　　油草招来的当然也不是普通蚂蚱，而是油蚂蚱。油蚂蚱有人也误叫牛蚂蚱，其实无论怎么叫，人人都能仅从字面上看出这种蚂蚱一定是个儿大、肉多的美味来吧？

　　对了，油蚂蚱不只个儿大、肉多，而且外表青黄，喜欢油草而又跟油草相像，且不爱飞跳，十分难找。要逮油蚂蚱，不拿荆条或树枝把它们扫出来，怕很难逮到。这就好比钓鱼要提前"打窝子"，捉鸟要事先"下套子"，要逮油蚂蚱，就得先把它们扫出草棵子来才行。

　　所以在麻村，逮蚂蚱（其实是逮油蚂蚱），也叫扫荒。

　　"二狗子，干啥去？""扫荒呢，逮它几个油蚂蚱下酒！"

　　"三叔，扫荒去吧，闲着也是闲着！""走，上南坡！"

　　"扫荒去呢！走呢！谁去晚了没有呢……"

　　你听，你听听，村里不时就有人吆三喝五地跑去南坡扫荒。那个年月穷呢，不像现在，蚂蚱被成碗成盘地端上酒桌，筷子都不怎么想动。那时候一人逮它十几个油蚂蚱用油草一穿，到家丢锅里用油一炸，那个酥啊、脆啊、香啊！

过去，一到秋天，赶上好天，麻村男女老少都要去南坡忙活。男人刨药，女人割草，老人放牛放羊，娃子们满山乱跑。不过，所有人都能忙里偷闲扫它一阵儿荒，逮它几串蚂蚱。漫山遍野里，人语喧响，笑声起伏，简单而又快乐，繁忙而又充实。此情此景若是让一个写实主义画家亲眼目睹了，准能作出一幅热闹生动的好画来！

麻村扫荒时的故事，能有一箩筐，这里单讲五奎家里那个。五奎媳妇宝莲是从外村嫁过来的，可不容易。那时候谁家有闺女不愿往富裕的地方嫁？可五奎就有那个福分，生在穷地方，却赶集时认识个俏姑娘，一来二去，真就领回来了！

可麻村人也只羡慕了几天，宝莲的肚子老不见动静！在过去，这还了得？五奎脸上就挂不住了，就吵，甚至还动手打宝莲。幸亏宝莲性子好，只是偷偷躲在灶前抹眼泪。

有一天，两人再去南坡。五奎刨药，宝莲割草，周围都是些活蹦乱跳的扫荒的光腚娃子。宝莲割着油草，听着娃子们的叫闹，心情渐渐沉重，竟觉得也有把镰刀在心底一刀刀地狠剜！宝莲眼泪就止不住地流了个痛快，眼前一片模糊，连油草根扎人钻心的疼也顾不得了。

突然，宝莲就看见镰刀底下猛地蹿出个大个儿的油蚂蚱！这油蚂蚱大得出奇，遍身青黄，饱满多肉，肚皮泛白，兀自在镰刀底下挣扎跳跃个不停，宝莲赶紧擦干眼泪，用手捉住了，起身去找五奎。

五奎也在扫荒，听见宝莲喊："哎，我逮了个大油蚂蚱！"迈腿就往这边来，却早有一群光腚娃子急猴猴地跑上来争抢。"看！"宝莲兴奋地举起油蚂蚱，一个娃子接去却立即"哇"地一声惨叫！宝莲摇头笑问："大吧？吓着了？"

五奎快步走到跟前，捏起大油蚂蚱细看，不料竟也"啊"地一声惨叫丢掉！径直拿两眼紧紧盯着宝莲。宝莲被盯得发毛，想问这是怎么了，一个大男人还怕蚂蚱？低头一看，这才发现，躺在地上的哪里是什么蚂蚱？竟是自己一根断掉的小拇指头！宝莲眼前一黑，就跌倒在地。

村人火速把宝莲送往乡卫生院，后又转院，无奈路太远，又不通车，虽经全力抢救，手指仍没能保住。醒来的宝莲却没觉得伤悲，还朝着五奎笑。五奎却在病床前捂头痛悔，大骂自己以前是混蛋！宝莲听着听着，眼泪又落下来了。她忽然明白，五奎并不是不疼自己啊，他太想要孩子了！

可喜的是，这次住院并没白住，宝莲借机撺掇五奎一起查了身体。结果两人都没啥事儿，就是五奎有点小炎症。医生说，好治。

五奎就治了，结果回村没俩月，宝莲竟有了！

宝莲生儿子那天，五奎又去南坡扫荒逮了蚂蚱回来。五奎对宝莲说："吃点油蚂蚱补补吧，小指他妈！"

宝莲乜了五奎一眼，笑了。

算　卦

麻村儿不大，猫在山旮旯。没几户人家，还穷，地里头也不怎么长庄稼。

但偏有不少人，开着车，骑了摩托，甚至蹬自行车，步行，远道而来。

来，是为见一个人。具体说，是个妇道人家，姓简，虽说年纪一把，风韵凋残，但其有一手令人咋舌叫奇的"绝活"！

算卦。

据说甭管你是想当大官的，想发横财的，想娶媳妇的，想生孩子的，还是想求个方子祛除疑难杂症的，只要相信"简真人"，她给如此这般一算，包管心想事成！

据说小城鼎鼎有名的天良堂大药房的老板谢听松，八年前落魄时就找过她，结果人家现在是拥有十八家药品连锁店、身价上千万的大董事长；还有田语鹤、孙长波、纪汇文，甚至仇老大，这几个如今无论在商界还是官场，跺跺脚就能让小城震三震的显赫人物，都曾多次前来虔诚地问路求方。

当然，这都是据说。不过小城里好像人人都知道，个个都晓得，茶余饭后都乐得聊谈传播。有传得更神的，说一个机关女人，多年未孕，去算。简真人先是命其在半米开外推掌站定，自己闭了眼，双掌对揉，嘴中念念有词，然后与女人对掌把脉，最后，简真人从抽屉里摸出一张古铜色的小算盘，双手在其上熟练地噼噼啪啪一阵拨奏，嘴里叽里呱啦激烈言语一番。末了，算盘唰地一停，嘴唇赫然张开，猛一口浓痰啐出，高吼一声"娘耶"！

女人求子心切，正欲前问，被简真人一脸愠色呵住。既然怀了，又何必来试我！女的一听，急了，说：我要是真怀了，我给你磕一百个响头还不行吗？简真人，我是诚心来求方啊！说着就要跪下。

简真人却说：你赶紧走吧！早怀上了，是个男孩。女人恨得咬牙切齿，刚出大门就破嘴开骂：什么狗屁神算？简直胡说八道！

结果，当月，女人例假该来的时候就没来。十个月后，生了，一个九斤多沉的胖小子！

神吧？

当然，简真人发了。发大了！尽管她没盖洋楼，没买汽车，但几乎地球人都知道，简真人有钱！

简真人收费水涨船高，再不是先前几只鸡鸭能算，两袋子核桃能算，一把酸枣也能算。现在，听说，算一次，至少也得一张老人头！这价儿，忒贵，惹了不少乡里人骂：都是那些狗日的城里人给哄抬的价儿，要不怎么让老百姓算不起卦了呢？还叫不叫人活！

于是，有人把气撒在了那些远道而来的汽车车胎上。但出人意料，汽车不怕远征难，它们依然成群结队，来势汹汹。有时候，谁来晚了，还不一定能排上号，为排队打架的事，时有发生。有一次，听说是哪个局的一个副局长跟一个公司的总经理打，还差点出了人命。

单说那一天，一个灰头土脸的年轻人跄跄进村，逢人便打听简真人。遭人戏弄后，天擦黑了，才绕回村里来。此时，简真人屋里正清静，可她却拒不算卦，说："天晚了，不算。"

男人忽然就一把鼻涕一把泪地哭起来，声音很大，像个女人。男人呜咽说，做生意赔了，赔大了，赔得不死不甘心了。他现在就剩下不到五千块钱了，想做最后一搏，就看简真人的卦准不准了！为表诚心，他是专从百里外的西县走来的。

简真人搭起腿来一摇一晃地抽旱烟袋，眼睛眯着盯住男人开了缝的皮鞋说：那好吧，你做的啥生意？看你诚心，我尽力给你算这一卦。

男人一说，简真人就停止了晃动，将烟杆抽得吱吱直响。说完，简真人脸色深沉，照旧摸了算盘，于大腿上刷刷刷一阵拨弹。忽然，停下，说：能成，不过，你还得多孝敬天祖一些，我算完这一卦，必须得休息一个月不能算，大伤元气！

男人眼睛亮了，当即说，只要能成，就是孝敬再多我也愿意！男人掏出三张老人头来给了简真人，见她不语，狠狠心又递了三张，简真人说：你既是做生意，凑个整数。男人这下像是中了枪，眼看要仰面栽倒，却没倒，只好又递了三张过去。

男人一走，就是整整半年。半年后回来时，开着高级轿车，一身名牌。男人从怀里掏出一大把老人头来，急吼吼地对简真人说：您还认识我吗？简真人说：不管是谁，都得排号！男人说："我马上就走，不算卦，我是专程来感谢您的！简真人，我发了！"

简真人真的认出了男人。她支使家里那个脸上开满菊花的男人，到门外边把门关死。然后，简真人就看见眼前这男人扑通一下给自己跪下了！男人又哭了，却是喜极而泣！男人说：我发了，真发了！发大了！简真人，我是来专程感谢您的，我现在有钱了。

有钱就支援你大姨两个花花儿！简真人光脚跳下床将男人扶到床上。男人满口答应：行，小意思！我还有个心愿，不知道真人能不能答应我？男人说：我想认您当干娘！没有您，我早死了，您就是我的再生父母啊！简真人说：去，干儿，把我菜橱里的烟袋掏出来，我冒一袋！

男人一连在家住了一个月，给简真人端了一个月的尿盆。简真人和男人在一个月里商定了一注生意。儿子撑船，娘掌舵，共同投资搞名牌皮鞋。男人说：娘，其实我真的不缺你这点钱，但你一下要那么多，我家里还有老婆，你好歹投一点也算是股东，年底按 5：5 分红好了！简真人说，6：4，你孝敬我的五千块钱家底儿都投进去了，心诚才好发财！

男人笑了，说：行，知恩图报，谁叫您是当娘的呢。说完，便驾着高级轿车，带着他干娘简真人的三十万元投资款，消失在了麻村的羊肠小道上。

枪 声 远 去

1943 年春天，枪声如雨漫过胡家围子南坡。

鬼子烧杀抢掠，一路开进了鲁中腹地。

路子仁正在家中转移最后一袋粮食，忽听门外有橐橐的敲门声。路子仁将老婆孩子推进地窖，手里攥紧了铁叉。

"谁？"

"是我！抗联老李，李忠勤。老乡，快开开门！"

路子仁扒着门缝瞧见一个血头血脸的大汉，腰里别着匣子枪，正急切地左顾右盼。赶紧敞门，将来人放进屋内。

"怎么搞的？"

"别提了，日他奶奶，被鬼子冲散迷迷糊糊跑到这儿了。哎，老乡，这是啥村？"

"胡家围子！还没吃饭吧？"路子仁说完，掀去地上的破席盖子，赶着女人做饭。

女人喜春见老李受伤，忙从袄袖里扯出一团破棉絮，上前给老李止血。喜春怀里始终吊着小闺女，这个娃才三岁半，灰头土脸地睡着。

老李大口吞咽着到手的窝头，问："鬼子来了，怎么还不撤？"

路子仁瞅着两个小娃和病恹恹的老婆，愁得直叹气。他问老李："你那口子哩？"老李突然哽咽了："唉，冲散了，谁知道是死是活？"

枪声愈紧。路子仁只好把所有窝头都留给老李，带着家人向后山撤去。

李忠勤在路家躲了两天，伤势渐愈。等悄然摸出屋子，却见村里四处烧着大火，晾场上堆满了尸体。这其中，李忠勤竟发现了喜春！

李忠勤悲痛欲绝，等撤进胡家围子后山，却意外见到了日思夜挂的老婆王桂莲，两人死死抱成一团！忽然，王桂莲转过身，手指着身边的路子仁，失声痛嚎起来。

原来，鬼子杀进胡家围子，把部分村民和王桂莲包围了。鬼子骑着大马端着机关枪吆喝："只要交出女八路，其他人统统地放走！"

没有人交。尽管人们一搭眼就知道谁是谁。

愤怒的鬼子拔出军刀，强行将男女老少分离，并叫嚷着谁家女人让丈夫亲自来领。结果，王桂莲泪如泉涌地说："路兄弟他领了我！却把妹子留下了！我正要往外冲，鬼子的机枪就响了，妹子死得好惨……"

李忠勤听得心惊肉跳，扑通一下跪下就要磕头，却被路子仁一把抱住，互相抱在一起大放悲声……

一晃，三十年过去了。路子仁的俩娃已长大成人，儿子叫路光明，女儿叫路红霞。名字都是当年路子仁和老李夫妇分别时，由李忠勤起的。

李忠勤说，我和老王没孩子，他们就是我们的娃。如果还能活着出去，日后必有我们相见的那一天！

三十年后的路家仍然穷得经常断炊。路光明三十好几了，还打着光棍儿。谁又愿意把闺女嫁到胡家围子这种穷旮旯里来呢？

这一年，路子仁躺在床上眼见就快饿死了。路光明忽然哭着跑进家里问："爹，听人说你认识中央的一个大干部叫李忠勤？还救过人家命？去找他啊，咱没活路了！"

路子仁躺在床上，用极微弱的话音回答："放屁！别听人胡嚼舌头，什么天熬不过去？儿子听爹说得坚决，只得放弃幻想，拉起妹妹外出要饭去了。"

那段天杀的日子不知饿死了多少人，路家竟真的熬了下来。等光景慢慢好转，一天村喇叭里突然爆出了惊天新闻："中央军委的一名将军要来胡家围子！"

将军就是李忠勤。当年的王桂莲，如今也已经是一名正师级干部。在那间破草屋里的木头床前，三双手紧紧地握在了一起。

整个胡家围子沸腾了。

随后，就有人嫁给了路光明，尽管是个瘸子，可路家很知足。路红霞也有了人家，且一生就是九个娃。

但是很快，路光明就因为故意杀人罪被逮捕入狱，原因是有人在野地里强暴瘸子，遭到拒绝后竟将其摁进水里活活淹死！路光明血气上涌，拿刀捅死了凶手。

路红霞几乎哭瞎了双眼，要爹给李忠勤发封电报，让将军来救哥哥一命。他罪不该死！可路子仁像是彻底聋了，一直静静躺在床上，片语未发，老泪纵横。

路光明被枪毙后的第二年，路红霞咬碎一颗牙齿用身子给领队送了礼，可终究还是因为超龄没能被县城招工，她男人却在放羊时滚下崖去摔成了一摊烂泥。一群嗷嗷待哺的娃子眼见只能送人，路红霞再去求爹。给爹磕破了头，血流不止，可路子仁依然一语未发，无动于衷。

倒是又过了几年，李忠勤的一个养子，据说是名正厅级干部来到了胡家围子，逢人便打听路子仁家，听说路子仁已于前年去世，就按原路返回了北京。

纯爱的丝缕

那时候，他刚刚接手班级，就有学生偷笑他的莽撞。他总是在上课铃响后，才恍然发觉忘记带图纸、试管，或是药剂，急得满头热汗。

他姓毛，同学们叫他"毛毛虫"。他听了，从来不恼，微微一笑，憨厚大度，开朗英俊。惹得好多女孩子一边说着他的坏话，一边情不自禁地失态……

他的课上得异常精彩。战火味道消失了，紧巴巴的空气舒缓了，气氛从来没有过的活泼，人与人之间，一下子出现了大面积的和谐。不单繁复陈冗的试剂、分子式被他讲得妙趣横生，诗词歌赋竟也能张口即来，还有时事、地理、武术……在同学们眼里，几乎没有年轻的他不晓得的。大片大片和蔼的阳光、纯洁无瑕的白云和一朵朵五颜六色的花草飞进教室。于是，"毛毛虫"的课堂成为了校园里的"经典"。

他是个有心人，注意到自己的大意，通常是由同一个默默无闻的女生抢先弥补。她——

她，长得太美了。美得令年轻的他，竟一时找不到合适的词来形容。像樱花般娴静？像荷花般秀雅？像菊花般清傲？像桂花般珍稀？像海棠般炽烈？像兰花般低语？像茶花般深沉？……

都不是。他自己也不知道她应该像什么，就算一切美好的事物中都有她的影子吧！

他的出色和英俊果然招致了风波。

有哪个女孩子不喜欢他呢？信件、卡片、风车、千纸鹤、小小糖块、点心，一切能在女孩子们手里、嘴里出现的东西统统都出现在他的抽屉里。往往，课还没上，教桌上就摆满了好吃的和各式各色的信笺……他也恍然，内心激荡不已。好久稳住阵脚，才渐渐融入到他的世界里，任由才情来涤荡一切的一切……

闲时，打开那些信，蹦跳出五颜六色的字迹和那些形形色色的脸。他看得一会儿笑，一会儿皱眉毛，一会儿大摇其头。

其实——他的心还是被一次次狠狠地揪起。

是她！

那个连自己也不知道该怎么表扬赞颂的女孩子。

令他想象不到的是，那么文静清傲的她，信，写得最多；卡片，寄得最美；偷放点心糖果的人里，也时时处处有她！

尤其她的信，不依不饶。甚至在他假装瞪眼发火令大多数女孩望而止步的时候，来得更凶、更加炽烈、更加执著、更加浩渺无边。

他拿她没有办法。每次放学，他都用忧郁的眼神悄悄送走她失望的背影。

然后，亮一夜的灯。

夏天来了。校园里的芙蓉树上到处绽放着粉红色的小伞。有一天，她鼓足勇气走到他面前。

"毛老师，您知道那芙蓉树上散落的是什么吗？"

他想也没想，说："是美丽的芙蓉花呀。"

"不！"她说："那上面密密麻麻吊满了毛毛虫！"

他刚要笑，却听她哽咽着说："是毛毛虫用心，一点一点吐出的丝缕……无处不在的思念的丝缕！……"

他张大了嘴巴，惊讶地不知该说什么才好。

不敢对视她汪满泪水的双眸。

她咬着薄薄的嘴唇颤抖着逼问他："毛老师，您看到了吗？您懂不懂？！……"

他硬了口气道："不懂！"

然后模糊地看着她，渐渐跑远……

几声雷过，战火燃烧了整个六月、七月……

几声燕呢，岁月更迭了数个两年、三年……

再次见她，他有些不敢相信了。她坐的是进口车，穿的是名牌衣，连笑容都是一幅赛春图，时时处处溢满了幸福。而他，却成了校友会上一个令人侧目的反面"经典"。

"有什么啊？年轻时挑花了眼，运过了头，至今还是一个人过呢！"

她听了，和众人一起笑，开怀大笑，笑得美丽的脊背在太阳底下弯成了弓形。

他们放肆地呼喊着"毛毛虫"的外号，将酒唱到深夜。

深夜，待人群散尽，他才颤巍巍地取出那些他熬了几千个暗夜，用心、思念和血，凝成的文字。

一缕青烟，缭绕迂回，散了，淡了——

那些空气中轻舞飞扬的纯爱的丝缕。

乡 村 凉 拌

撒一把围棋子在黄土地上什么样，那群在腊月河滩里啃食枯草的羊只就什么样。

它们低着头，近看像泥塑。三三两两，围住那个驼背老头。

老头头顶旧毡帽，两鬓如霜雪染，静坐如一块礁石。忽然一挥手，牛皮鞭子"啪啪"地一响，空气里便鼓荡起干草与羊粪的清香。

这定是你在乡间腊月，时常能见到的画面。是不是像山野菜？带给你一种久违的清鲜——

让我们再加把葱花。

于是，两个女孩翩然出现。她们一高一矮，一红一绿，背冲圆滚滚的夕阳追逐嬉戏。忽然，就悄然伫立，像两株娇嫩的麦芽儿，用鲜白小手偷捡了石子，远远掷向背对的老头。

老头转过身，见她们喳喳地跑散，满脸褶子"哗啦"一下，花儿般开绽！

再来头蒜。

让那个灰头土脸的男孩，像匹野马冲进我们的视线。他一出场，就尘嚣飞扬、嘶声震天，搅乱了整个河滩。他用厚厚的棉鞋底儿，"嘣嘣"地跺着冰面，急得那放羊老头挥舞着牛皮鞭，橐橐向这边飞赶！

撒把芝麻粉。

她们俩，从小一起长大，好比邻里的姊妹花；他是老汉的独孙苗儿，出了名的天不怕地不怕！

三只不安分的小羊，日夜蹦跶在驼背老头的身旁。

他们过家家。他做爹，姐做娘，妹妹当闺女。采来藜蒿、蕨菜、鱼腥草、花椒薄荷、马齿苋，将小家日子过得红红火火。

他们在冬闲的麦场里疯跑，在悬冰的屋檐下蹦高，钻进秫秸垛里睡觉，爬上光杆柿树掏雀儿；时常在一个天井里吃饭，一个火炕上通腿儿，藏在破败的墙头下、缩进屋后的小树林里嬉嬉笑笑闹闹偷偷地亲嘴巴……

他们像地垄里的玉米，嗖嗖地拔节。

该倒醋了。

他和姐姐高出妹妹两年级，一个班学习，关系越来越密。渐渐，他和姐姐形影不离，直到考去乡里念初中，两人私下里发誓：一定要发奋考上大学，将来结婚成个家！

搅点香油。

于是，整个村上下都知道，他和姐姐不但功课好，而且长得山清水秀郎才女貌，早晚是一家。妹妹每回见着他们，更是大老远用手指刮鼻尖羞他俩：

"小俩口儿，不害臊，起大早，睡大觉！"

姐姐立时羞得狠命去追，他则快步如飞先跑出十几里路，悄悄躲进玉米地，专等姐姐路过时唬她一跳！

她就再攒了拳头追他，他就在玉米地里奔蹿。

他们摔倒在地，笑得上气不接下气。随后，就蓦然停下，互相对望，眼神渐渐迷离。

就在两张唇，将要合二为一时，她却忽然睁开了眼，紧紧攥住他的手说："不行！"

"为啥？"他急了。"就一下，还不行？"

她说："不行就不行！好好念书，我给你留着……"

最后，放盐。

那个高考前夜，窗外电闪雷鸣。他忽然浑身湿透了找到她说："村里捎来信儿，爷爷死在了荞麦田里，他得马上赶回去！"

她惊慌失措，一下子哭出来："你快去快回！我等着你！"

他狠狠望了她一眼，边跑边回头在雨雾里喊："你好好考，我去去就回！"

第二天，她发现他根本就没来考试。她一考完就发疯地往回赶，到了村口才听说："原来他失去的不仅是爷爷，而是全家人。"

那个雷雨夜，狂风刮倒了高压线，赶羊回来的爷爷被当场电死，之后便是他陆续找来的爹和娘！她求他再去考一次，她等着他！他推开她说："别犯傻！我复读，你先去上！"

她哭成了泪人儿，把自己深埋在他胸前。

她考去了北京，暑假回来，却得知他已外出打工，杳无音信。

拿筷子，拌一拌。

她留在了城里。住楼房，开汽车，说普通话。童年早像那片干涸的河滩，很少再有波光潋滟。

有一年，她回老家小住。临走，她忽从车窗里看到两个人。他，和她的邻家妹妹，正并肩挑着粪篓往家赶。

她看见他依然宽厚的光背脊梁，在日头下黝黝的泛亮。她看见妹妹的脸上，分明有满足的笑容荡漾。他们一齐走向她，越来越近。她忽然踩响了油门。

CD 机里，就有山歌开始流溢：

叫一声哥哥哎，你走得慢一点，

妹妹还在山这边，

叫一声哥哥哎，你等一等俺，

妹妹累了，走不多远……

哦，差点忘了加芥末——

她的眼泪刷地就下来了。

一九八五年的蓖麻

一九八五年浓夏，我六岁，正是无恶不作的年龄。

我们住的机械厂小家属院儿里，从北往南数第三排巷子最东头是李老奶奶家。李老奶奶其实年纪并不大，却一连死掉了三个儿子。老大是得了不治之症；老二在自卫反击战中牺牲；老三则是正走着，被突然从天而降的石板活活砸死了。

噩耗使李老奶奶过早花白了头发，额间皱褶像怒放的秋菊花。多少年以后，我在报纸上见过一幅获奖的摄影作品，内容是一副老妪的脸部特写，取名为"沧桑"。我当时真以为那片中的人物就是李老奶奶，可惜我错了。我发现原来这个世界上，与李老奶奶有着相同面目的老人，其实还大有人在。

李老奶奶只剩下一个年龄比我稍大的四儿子牢巴，天天半步不离地跟着她。"牢巴"的意思就是乡人所说的"结实、稳妥"，我是很多年后才忽然明白牢巴为何之所以被李老奶奶叫作牢巴的。

牢巴不被送去上学，极少说话，脸长而尖，头脑歪斜，嘴边永远挂着涎水，显然有些傻。没人愿意搭理牢巴，却都很嫉妒他。因为牢巴是小院里第一个吃上烧鸡的孩子。那个下午，牢巴一个人撕扯着李老奶奶刚从卖烧鸡的秃头手里接过来的热气腾腾的烧鸡，当着我们面，毫不嘴下留情地吃掉了那只油花四冒的烧鸡。

我们从此恨透了牢巴。

李老奶奶对"死"极其敏感，恨到极致，嘴里便整日离不开"死"字了："什么吃了老鼠药会死，吃了土坷垃会死，喝林子里的那汪臭水会死，偷掏屋檐下的鸟蛋吃会死，摘了夏天的蓖麻子吃也会死……"大人们听了摇头一笑，我们却听得一愣一愣。

可我们毕竟还小，时间一长，就质疑起那些奇怪的死亡警告了。

李老奶奶门前就种了一大片蓖麻。葱葱郁郁，蓬蓬隆隆。站在蓖麻的阴凉下，我们上下左右地打量。吃蓖麻真会死人？那干吗要种呢？即使不是李老奶奶种的，她怎么不铲掉呢？

作为早熟的孩子头，我毅然决定：去吃蓖麻，看看到底会不会死！

伙伴们在惊叹之余崇拜地望着我。在那个有着金色夕阳笼罩下的傍晚，在鸟群不安的啾鸣声中，我毅然摘掉李老奶奶门前的一颗蓖麻籽，英勇就义似的吞了下去。

我静静躺在蓖麻树下，等待死神的降临。那一刻，我忽然确信自己要死了，躺在坚硬的土地上瑟瑟发抖。我对着伙伴们说了一声："我死了！"就闭上了双眼。

伙伴们一哄而散。

很快，就有伙伴在远处跳着脚喊："东子死了！东子死了！"

很快，我身侧就聚满了人。我甚至觉得单薄的眼帘一下变得沉甸甸的，上面压满了人影。

"爸，东子可能吃蓖麻毒死了……""这孩子一动不动，脸色窨白，怕是死半天了……""咳？吃蓖麻怎么死了人呢！""别上前啊，他家里来了，不好交代……"

我听见李老奶奶也出来了，她嘴里嘟囔着什么，而紧跟在她后面的就是牢巴。

我将眼睛睁开一条小缝，想站起来溜掉，可一时腿脚发麻，根本不能动弹。只盼望父母快来，看他们是不是也着急？

很久，父母都没来。我越来越怕，越来越怕，积攒起全身力量，忽然直挺挺地坐起来！

周围人吓得轰地一散，我趁机爬起来蹿了。

我以为这事就这么完了。"怎么样？"我对伙伴们骄傲地说，"我没死！"

可我无论如何也没想到：

一周后，牢巴死了。

牢巴是先吃了蓖麻籽，后觉得没什么意思，又吃了老鼠药死的。原本在牢巴的意识里，那些一直曾被奉为真理的死亡警告被打破了，牢巴亲眼目睹了我那天的死亡游戏后，就天真地认为李老奶奶的话全都是假的，而且一旦尝试都很好玩，至少可以赢得盲从和惊诧。牢巴家里只有蓖麻和老鼠药。于是牢巴都试了。

牢巴死了。

牢巴死了。李老奶奶却活了下来，至今没有离开这个世界。但我从牢巴猝死、挨了父亲一顿痛彻骨髓的皮带后就再也没有见过李老奶奶。

搬家后的多年里，我一直回避再去那个童年小院儿。

我不知道李老奶奶和那蓬据说一直还在的蓖麻，现在，又是何等光景了。

如风的旋律

我说过，在我们小院里，弥徽的爸爸是个人物。

因为他不但是名解放军连长，同时还吹得一手好口琴。

你不知道弥徽的爸爸穿上军装有多帅！在三十多年前，他每次回家探亲，都能彻底把我们破旧的机械厂家属小院掀个底儿朝天。那时候妈妈就常常对我们讲，你们要是长大了能有弥徽的爸爸一般帅，那就算我没白养！

那可是个到处崇拜军人的年代啊。

直到现在，每当有人在卡拉 OK 里重温《血染的风采》，我还能想起那个英武的弥徽爸爸来。

你也不知道弥徽的爸爸口琴吹得有多棒！想想在三十多年前，文艺生活空前匮乏的岁月里，他坐在高高的门槛上给你随意吹一首《外婆的澎湖湾》、《莫斯科郊外的晚上》，那种如泣如诉的颤音，那种飘散在风中的旋律，不把我们崇拜得五体投地才怪！

于是弥徽爸爸的探亲假，简直就成了我们神魂颠倒的时光。那时我们人人立志长大了要当一名光荣的人民解放军，并时刻梦寐以求能得到一把像弥徽爸爸那样的"敦煌牌"口琴。

有一次，弥徽爸爸临回部队前，把口琴留了下来！

我们争相聚集在弥徽身旁，渴望能摸一摸并亲口吹一吹那把口琴。可弥徽拒绝了。理由很简单：口琴是他爸爸的，他只是保管，乱吹一气还会传染疾病。

伙伴们失望地散去，同时对弥徽也产生了很大成见。尤其是我，太不甘心了！因为我从小就是个不达目的绝不善罢甘休的家伙啊。

于是，我想方设法拿玩具跟弥徽交换。但弥徽仍然拒绝。

最后的最后，我只得使出杀手铜：把我爸爸出差青岛买回来的两盒压缩饼干送给了弥徽。

那个年代，这代价够疯狂了。

我终于战战兢兢地从弥徽手中接过了那把小小的乐器，小心翼翼朝它吹一口气，立时就有一阵清脆的音符飞越而出！

我真不敢相信，那样美妙的天籁竟是从眼前这个冰冷的家伙里发出的！我把它横在口中，来回抽拉，像啃西瓜一样吹出了一排排或高或低、或清新或低沉的音调！

我兴奋地扬起它在小院里飞跑，恨不能立即将我的得意传递给每一个人。

我的招摇，却很快得到了报应。谁不想玩口琴呢？但弥徽除我之外就再没答应过任何人。

我和弥徽被孤立了。

看得出，弥徽比我更加害怕孤独。我知道那是因为，他的连长爸爸已经远赴南疆前线。他比任何人都需要陪伴。

可他坚决拒绝再借口琴。

没办法，又是我想出了那个鬼点子。而弥徽，痛快地答应了。

我们俩一致对外宣称：口琴一不小心弄丢了！

消息一宣布，果然引起剧烈地震。我和弥徽一口咬定，是有人趁我们不注意，偷走了口琴！为了证明自己清白，大家必须一起寻找口琴！

于是为了自己的清白，伙伴们又重新一起玩耍了。但从此，我们玩耍最重要的一项内容，就是寻找口琴。

我们在李老奶奶的鸡窝里发现了建国丢失的弹弓。

我们在春华的床底下发现了希梅的头绳。

我们在姚鸣爸爸的抽屉里发现了许多能吹气球的套套。

我们在东海妈妈的首饰盒里发现了增利爸爸写来的信。

甚至，我们还在和梁的家后面发现了一个恐怖的死婴儿……

我们的搜索搅得小院鸡犬不宁，但就是没有口琴的半点线索。

终于，妈妈还是发现压缩饼干不见了，迫于追问，我只得跑到弥徽家去索要。弥徽当然不给，我一时理亏气短，跑出门去就将口琴根本没丢的秘密说了出去！

这下可算捅了马蜂窝。从此小院里，再也没人肯理弥徽。每当我看见弥徽远离人群灰溜溜的样子，心里不禁就充满了愧疚。但我已无力挽回。我以自己的卑鄙，再次使弥徽被孤立。

索性那个寒冷的冬天，弥徽还有口琴。我们亲耳听到在那些凛冽的风中，弥徽一个人躲在家中吹奏他的口琴。开始，那只是一些单调的重复的音符，渐渐的，它们变得生动鲜活、张力十足，并且溢满了忧伤和凄楚，伴随着呼啸的北风，迸发出一种撼人心魄的力量。

我承认，我嫉妒了。因为我被征服了。

我眼前再次出现了那个英武的解放军连长，他坐在高高的门槛上，给我们吹奏那些如风的旋律。

一个大雪天，弥徽家中传出撕心裂肺的哭声。我们也都得知了弥徽爸爸在前线牺牲的噩耗。听到那些哭声，我俨然觉得是自己失去了爸爸，从此将要面对永远漫长的孤独和寒冷……

待到天晴，我踏着厚厚的积雪去看望弥徽。却见在他门前，正有一把口琴镶嵌在高高耸立着的雪人嘴边，闪闪发光！

一 群 鸡

　　看到这个题目，或许你会以为这是篇言情小说。至少在任何汉字都可能出现新意的今天来看，它具有相当煽情的可能性。

　　可你错了，这是一群地地道道的山鸡。

　　就是散养在山里头，专吃草籽和害虫，有过金色童年的一群鸡。

　　它们头顶彤红的焰火，颈缠浑黄的围巾儿，身披雪白的绒羽，齐刷刷坐卧于荆条编成的大提篮内，昂首挺胸，就像迎接外国元首的仪仗队，被一辆独轮小车推向城里去。

　　有人要问，它们就那么老实？

　　当然，这是一群被老太太捆住了手脚的鸡。

　　推到大酒店的小厨房里去？

　　不，赶趟集而已。

　　老太太年岁一大把了，记性却不差。她一边走，还一边冲提篮里的鸡们嘟囔着："老大、老二呀，就数你俩最听话，走了三里多路，还没见你们摩挲一下眼皮儿，别埋丧脸子啦，孬好我最后让你们走！

　　"老二、老三和老五，你们仨天生的命贱！交头接耳，叨叨个没完，要是有买主儿，看我不先由着别人选！

　　"老四和老六，你俩按说年龄还不大，可我急等着使钱，小儿媳妇要下蛋，B超里说了，这回准是个带把儿的！你们不老跟仇人似的吗？现在倒好，一进城，魂儿都吓掉了……"

老太太念念叨叨来到十字路口，突然一辆大卡车从背后猛冲而来！老太太转身稍慢，手一撒把，凭空里就是一阵稀里哗啦。

如果你是老读者，又看过我的小说，准会这么说：这下子可完了！小独轮车被轧趴了，大提篮被压扁了，一群鸡扑扑棱棱，眨眼间就死的死，伤的伤，场面惨不忍睹！只剩下那个老太太，虽说不至于太残忍，但是总得受点小伤害。

这还不算，卡车司机一下车就傻眼了！老太太不正是自己的亲娘吗？光顾着搞买卖，多久没上门了！老太太一见是大儿，本来还挺伤心，这下子气先消了大半。儿见娘没啥事，只是赶趟集卖鸡，脸上立即就有了不屑，几句话后扔下一张大团结，窜了。

这个细节的确有意味，但我不能这样写，老是这样写就对不起读者了，我没打算这样写。

其实大卡车猛冲过来时，老太太只是吓了一跳，她哪里见过这么开车的？慌忙中车把一撒，人和小车都闪倒在了路边，鸡更没啥事，至于那辆凶猛的大卡车，嗖地一下子就驶远了。

老太太稳了稳心神，继续跟鸡们嘟囔着上路。小脚不停，太阳一竿子高时，就来到了县城东郊的集市上。要说这县城的集市就是比村里和乡里的大，大得几乎看不到边儿，人多得瞅着眼晕。

老太太没敢使劲儿往人堆里扎，找个靠路的边角停下，边歇息边卖鸡。可一直等了大半晌，除了几个问价的，一笔买卖也没做成。忽然间，她看见一伙小商贩推车的推车、背麻袋的背麻袋，都向她这边急奔！在他们身后，紧追着一群身穿制服的青年。那架势，很吓人。

这个节骨眼儿上，按惯例你又要猜了：老太太行动迟缓，来不及推车赶紧躲到一边。就见青年们跑上来摁住她的小车大吼："这是谁的？赶紧承认！给你们划出地方来卖你们不听话，软的不吃，吃硬的！"青年一边吼着，其中一个还抓起了老太太的秤杆儿。

老太太被吓得够呛，可无意间抬头一看，竟大着胆儿走上去承认小车是她的！就见那个手抓秤杆儿的青年开始浑身发抖，究竟是气愤还是惊讶谁也难说清。因为他万万没想到站在自己跟前的是亲娘！

也就是说，他是老太太的二儿子。

仅是片刻迟疑，二儿子还是"咔嚓"一声，愤然将秤杆儿从中折断！这时人群里起了嘈杂，二儿子亲眼目睹着娘的眼睛里慢慢地溢出泪花。他不敢再看下去了，猛低下头，将一张崭新的大团结塞进鸡翅膀下。

二儿子离去很久，老太太还像是一桩泥雕那样待在原地，只剩下那群鸡瞪着惊恐的小眼四处乱探。

是的，我又要说你猜错了。很对不起，我这篇小说没有这些细节，其实它很平淡。

其实老太太看见那群青年跑过来时，立即就推起小车走掉了，因为她在人群的最外侧，走得及。她只是远远看了一眼那个身穿制服的小青年，脚底下就立即像是生了风一样。

老太太一边往回赶，一边很有些个难过。三儿媳妇马上要生了，可三儿子的刑期还未满，家里需要钱伺候月子。一群鸡一只也没卖掉，她不想让人说是自己舍不得。想着想着，想着想着，她笑了。

什么，笑了？这时候还能笑得出来？你又要问了吧？

是啊，这时候按说她根本笑不出来，可她的的确确是笑了。

因为老太太忽然想起了今天收入的那两百块钱来！

千万别跟我打赌，说那钱不能用。否则，我会把这篇小小说的稿费也押上。

还跟你急。

一九八九年，六月二十三

一九八九年，六月二十三。陶四方一辈子忘不了的时间。

当时高考临近，村里陶四方的小表五叔陶克言为跳龙门，受不了家里乱，天天晚上往陶四方的瓜棚里钻。

陶四方很高兴。其实他比陶克言还大两岁，但一天书没念。小五叔的到来不但打破了看瓜的孤单，而且使他觉得有机会跟文化沾了点边儿。陶四方满心欢喜地端着猎枪，为陶克言放哨站岗。

陶克言与陶四方约法三章：一不能说话，打扰念书；二不能吃瓜，分散精力；三不能喊他，耽误时间。特别是最后一条，陶克言一再强调："不管是谁，谁让你喊我都不行，我谁也不见！死也不见！"陶四方听完努努嘴笑了，说："看你说的，都知道念书是大事，谁还能深更半夜地非来找你不行？你放心，凡是来找你的，不管是人是鬼，是蛇是刺猬，我统统给你赶跑！"

陶四方家的瓜田紧靠路边，以前老丢瓜。陶四方夜里偏偏又老犯困，一到下半夜就往箥席上歪，而瓜往往都是这时候丢的。陶克言一来，陶四方也精神了不少，总是端着他爹那把老猎枪，不停地在地里头转。

一九八九年六月二十三日那天晚上如期而至。那天晚上天像下了火，到处滚热。陶四方浑身就穿一条裤衩，却还是热起了痱子，最后忍无可忍去地里头挑了个大瓜，一掌劈成两半，自己先吃了个大概，尔后端着另一半去给陶克言送。

"克言，快吃块沙瓤西瓜解解渴吧！"陶四方边走边朝瓜棚喊。哪料陶克言毫不客气地吼道："你吃饱了撑的？不是不让吃瓜吗？不长记性！……"

按辈分，陶克言说也说得，可陶四方热脸贴了个冷屁股，又赶上天热，心底也蹿起了火。不过陶四方到底忍住了，毕竟吃西瓜和考大学比，算个屁呀？

陶四方吃了闭门羹，气咻咻回到地里，将手里的半块西瓜一下子撇出老远！然后在瓜蔓里躺下来，胡思乱想。

忽然，陶四方听到紧临瓜田的池塘里很不正常：以往，池塘蛤蟆怪叫连天，可此时刚一开叫，池塘里就"咚"地一声响！蛤蟆们立即就都哑了。陶四方猛然来了精神，攥着枪，悄悄摸向池塘。

陶四方很快就紧张起来！池塘一侧的芦苇荡里肯定藏着人，而且还可能不止一个。正是那里有人不停地向池塘里扔着石头。这肯定是偷瓜贼在试探瓜田里有没有狗！

想到这里，陶四方牙根都恨得发痒。陶四方的爹前几年就跟偷瓜贼干过！只可惜那帮外地贼人数太多，竟把陶老爹捆起来毒打，最后还当着他的面把瓜田踩得稀巴烂！

陶老爹伤虽好了，但陶四方再也没让他出来看瓜。他为爹手中有枪不开，狠狠吵了一架！

陶四方的后背飕飕地窜凉。他小心翼翼迂回到那片芦苇荡，不敢贸然进入，只凭空大喊一声："狗贼，滚出来！"喊声未落，陶四方只觉眼前一花，一条黑影已"唰"地一声迎面擦过，向着瓜田深处急逃。

陶四方边追边喊："停下！快停下！我开枪了！"对方越跑越快，似乎还边回过头来看，这时候陶四方手里的枪响了。

等陶四方气喘吁吁奔到前面，发现扑倒在地的人刚刚把脸转过来。不是什么外地人，是个女人！是村里的韩明艳！俊秀的韩明艳一只右眼被打成了血窟窿，汩汩地向外喷血。

陶四方转头就向瓜棚狼一样地嚎开了。

陶克言闻声跑出来，只看了地上的韩明艳一眼，就昏死当场……

事后，陶四方重新回到瓜棚时才发现：陶克言丢下的书本里，密密麻麻画满了一个人。这个人的双眼活像两汪滋滋的清泉。

他一下子醒转：原来韩明艳暗地里打蛤蟆，是帮助陶克言念书哇！

多年以后，陶四方仍觉得一九八九年六月二十三日那夜的惊心动魄。但一直打着光棍儿的他，早已不害怕再碰到陶克言和韩明艳了。虽然陶克言每次见面都骂他"瞎了眼"和"雷劈的"，骂他毁了一个大学生外加老婆韩明艳的一只眼。但是骂完了，三个人还能坐到一张桌子上去喝酒。

喝着喝着，陶四方就高了，就大着舌头冲着韩明艳唱："你打蛤蟆来（哪个）我打你眼，一女（不寻思）摊了俩好男，半个大学尽够使（你信不），高粱（小）酒再来它二担儿……"唱的是山东梆子。

屋子里地动山摇。韩明艳坏掉的一只眼里都是笑。

兴发渔行

我们这里，离海很远，本是个纯粹的内陆小城。

可没办法，现在流行吃海鲜。其实也不是流行，海鲜虽贵，但确实好吃。

于是，兴发渔行火起来了。

原来的兴发渔行，只批发海米、咸鱼、虾酱等干货，大老远就闻见一股呛鼻子的腥味儿，屋子里暗得不行。

可渐渐，黄老板开始运营纯正的海鲜。他是先委托朋友出差捎带，后来干脆贷款买车，每天专门长途跋涉去海边拉鲜货。

现在的兴发渔行，早已今非昔比。不但扩了地盘，换了门脸，改了格局，就连存海鲜的装备都先进上了。

有一种海鱼叫真鲷，又俗称红加吉，体色艳丽，肉质细嫩，味道鲜美，属于近海暖水性名贵底层鱼类，具有很高的经济价值。黄老板用来养它的家伙，就是一方伪造的岩礁海水区。为解决海鱼易死亡、肉质易变疏松等问题，黄老板还专门在水底安装了一个五颜六色的拂尘样的装置，时刻不停在水底转动，搅得海鱼们片刻不得安宁。所以，黄老板的鱼做出来的味道真是蛮不错的！

黄老板有钱了。

可有钱的黄老板一直没有续弦。

大概有七八年了吧，黄老板的老婆甩下他，跟着小城一个司机走掉了。那年头，黄老板过得拮据。屋子里终年冷冷清清，除了死鱼就是烂虾，日子充满了霉腥味儿。

因此，黄老板每次回忆那个雾蒙蒙的黄昏，总免不了要黯然神伤、唏嘘叹气。

当初究竟怎么回事？每当有人关心地问起。黄老板总是低下头，搓弄着两只戴满了大金戒指的手，久久不语。等到人们起身要离去时，黄老板偏又用湿漉漉的话语把人们挽留住："都怨我不好啊！"

原来当初，黄老板不能生育，女人是受不了清冷孤贫，而决绝离去的……

不是没人劝过，黄老板，你现在有钱，再续一弦嘛！现在的女人就崇拜你这种男人！黄老板听了，摇头苦笑。

不是没有人介绍："黄老板，'绿源'饭庄梅老板的小姨子，怎么样？人家对你印象可蛮好！"黄老板仍旧只是笑笑，转身离去。

甚至，还有人将姑娘带来，任黄老板好奇地观察够了。再问，黄老板，人家还是大姑娘呢。长相比你那个黄脸婆强过百倍吧！谁知道，黄老板当即黑了脸。你们要来买货，我给全城最低价，别的就不要瞎扯了！

人们就都竖了大拇指，说黄老板真是个重情之人！

人们也都想知道，黄老板的女人现在是什么光景了？

终于有那么一天，黄老板的女人走进了兴发渔行。

人们顺着黄老板惊讶的眼神望去，却实实在在失望了一把！这就是传说中的她？真不敢相信。

是啊，就是在目下小城，女人的长相穿着也很有落伍的嫌疑了。

可黄老板，整整一天都兴奋着。他通知服务员，下次女人再来买廉价品，就把最好的鲜货装给她，还要把价格不动声色地压到最低。

女人不但亲自来买海鲜，而且开始跟黄老板讲话了。女人开口向黄老板借钱——58万。老天爷，这简直是黄老板的毕生心血！

人们知道内情的时候，已经晚了。黄老板把钱全部借了出去，毫不犹豫，条儿都没打。有人急问，黄老板你傻啊？万一……黄老板干咳一声，打断问话，没事，没事。兀自一脸轻松。

事后，人们依稀听说，原来女人的现任丈夫得了尿毒症。女人之所以来兴发渔行，实在是走投无路了。

好事人终于又有了新话题。尿毒症的治愈率很小，黄老板和女人岂不是又有了复合的希望？黄老板多年的夙愿，看来要实现了！

可这只是人们的一厢情愿。生活总是现实而残酷的。那同样是一个雾气蒙蒙的黄昏，兴发渔行门前突然发生了一起严重车祸。黄老板被轧在一辆大货车下，成了一摊血红色的虾酱。

第二天一早，女人又来买鱼，一个女服务员哭着告诉她，黄老板出事了，黄老板死了！

女人听了，并没有显露出同样的悲痛，付了钱走出门外，却一头栽倒在路边。

以后的日子，兴发渔行并没有歇业。相反，却越做越大，直到省城都开起了分店。兴发渔行的老板，就是当年黄老板的女人。

原来女人的丈夫早就病死，跟黄老板借钱也只是个幌子，她是不想让黄老板的后半生过得太逍遥、太舒服……

当年女人之所以走，是因为在老家曾和黄老板定过亲的女人找上门来，趁她不在，跟黄老板睡了一觉！

也是直到这时候人们才知道：原来黄老板和女人，都是漂泊在异地的外乡人。